LibertàEdizioni
www.libertaedizioni.net

Maria Antonietta Nania

LIBERI DI CREDERE

Storia di acqua e deserto

LibertàEdizioni
www.libertaedizioni.net

Pubblicazione a cura di Libertà Edizioni
Prima edizione 2015
ISBN 978-8896728680

Editor Marco Battista
Grafica Alessandro Rindi
Foto in copertina Paola Mautone
Foto in quarta di copertina Maria Antonietta Nania
Revisione parole in arabo Amanie Fawzi Habashi

*Ai miei figli, perché non temano mai le differenze
e sappiano andare incontro al mondo
in cerca di bellezza.*

RINGRAZIAMENTI

Questo romanzo ha preso vita poco a poco, lungo molti anni, cambiando più volte aspetto e rappresentando il mio rifugio nei momenti di profonda nostalgia e di mancanza di una terra a cui devo molto. È stato come un compagno di quei viaggi che si fanno seduti su una sedia, mentre la vita si arrotola e si aggroviglia intorno a nuove esperienze come la famiglia, il lavoro, la routine quotidiana. Ma alla fine ha preso forma, una forma sua e sta per staccarsi da me, come un figlio che nasce. Devo ringraziare molte persone per questo.

Prima di tutto ringrazio i miei genitori per avermi insegnato che viaggiare è naturale e per avermi permesso di farlo sempre.

Devo poi un sentito grazie ad Alberto Mancini, Alessandro Polcri, Salvatore Spoto per la loro amicizia e il loro sostegno incondizionato, per i consigli ma soprattutto per l'incoraggiamento e la fiducia sempre dimostrati nei miei confronti.

Grazie a Roberto Di Pietro, Maurizio Giustini, Bruno Nacci, Andrea Franceschetti, Amanie Fawzi per la preziosa consulenza letteraria e linguistica.

Grazie a mia sorella, Maria Teresa Nania, per "La musa ritrovata", una bellissima opera da lei scritta che è realmente andata in scena.

Grazie a Manuela Madeddu, una delle "cose" belle della mia esperienza egiziana e a Rossella Gragnoli, dolcissima collega, amiche che si sono lasciate trasportare fin dall'inizio dalle mie chiacchiere romantiche dedicandomi il loro tempo.

Grazie a Maurizio Di Fresco che fu il primo a parlarmi di Siwa, quando ero al Cairo da poche settimane. Io ci andai, lui no, tornò in Italia di lì a poco. Questo libro è anche per lui.

Grazie ad Abdallah Baghi e a tutti gli amici di Siwa, a M. Fayez Marai, per le scorribande su e giù per le dune e per i safari nel deserto.

Un grazie speciale va ad Amanie Fawzi e Paola Mautone per l'intensità della vita insieme, per l'affetto, le avventure, l'amore per l'Egitto, l'amore per il Cilento, l'Amicizia, grande.

Grazie a Marco Battista, di Libertà Edizioni, che ha accolto con entusiasmo Liberi di credere e sta concretizzando un mio antico sogno.

Infine grazie ad Andrea Giorni, mio marito, per avermi spinto a pubblicare questa mia "creatura", per la fiducia, l'amore e il sostegno.

LIBERI DI CREDERE
Storia di acqua e deserto

Annuncio ritardo. Il mio aereo è in ritardo.

Io sono stata puntuale. Il viaggio è già iniziato da un pezzo e non sono ancora partita.

Zio Michele è passato a prendermi a casa con largo anticipo così da poterci concedere un cappuccino e un cornetto alla cioccolata bianca al Bar Sirena, sul lungomare di San Gaetano Cilento. Non ce ne sono di eguali almeno nel raggio di cento chilometri! Zio Michele ne è convinto, e anch'io, benché non abbia ancora provato tutti i bar e le pasticcerie della provincia.

Il nostro mare era calmo e chiaro, stamattina presto; mi ha salutato, rassicurante, facendomi intendere che sarà lì ad aspettarmi, e di prendermi tutto il tempo che voglio. Una serena e fresca mattina di marzo, silenziosa; poi, a un paio d'ore di macchina, il rumorosissimo microcosmo dell'aeroporto Leonardo da Vinci di Fiumicino. Difficile descrivere l'eccitazione di mio zio nell'accompagnarmi verso questo viaggio che lui e i suoi amici mi hanno voluto offrire: tanto affetto, tante speranze riposte in questa nipote viaggiatrice che oggi torna a volare via come se fosse la prima volta. Aspettative. Deleghe.

Io non so. Non so come mi sento. In aeroporto, come nelle stazioni, il tempo è sospeso, i programmi sono tutti chiusi in valigia. Tutto fluttua a pochi metri dalla superficie di questo campo neutro, un limbo che apre a mille possibili destinazioni. Migliaia di persone trascinano i loro trolley come fossero gusci di chiocciola, il loro piccolo fardello di "casa" da rimontare in un posto nuovo, per qualche giorno o per una vita.

Mi siedo. Vedo il tabellone dei voli: il ritardo del mio aereo per Il Cairo è ancora indefinito. Pazienza. I viaggiatori sono pazienti. Anche quelli che hanno perso lo smalto.

Ho trentatré anni e tutto a un tratto mi sento ringiovanire. Mi balenano addosso sensazioni come lampi di luce, torno ai vent'anni, ai pensieri di allora. Ricordi fugaci mi pizzicano la pelle, si svegliano e si affacciano: ciò che vedo, ciò che ho intorno, potrebbe avere una datazione diversa. Perfino il mio grosso zaino è lo stesso di allora, non si è sciupato, nel buio dell'armadio. Cosa è cambiato? Più telefoni e meno riviste tra le mani dei viaggiatori, più computer portatili e meno libri, più auricolari e meno conversazioni, forse. Io guardo e penso, come facevo allora. Guardare il teatrino della gente è il passatempo che ho sempre preferito ad ogni altro, ma un buon libro a portata di mano è d'obbligo, sempre. In un aeroporto internazionale il teatrino è coloratissimo e variegato, un po' come ciò che offrono gli scaffali del Veliero, la nostra libreria in via Del Mare a San Gaetano Cilento. I libri sono mondi interi fatti di pagine e le persone addirittura universi. Le guardo camminare, apparentemente una verso l'altra, mentre poi passano oltre, con le loro storie, con i loro problemi e i loro sogni chiusi in borse e zaini e lo sguardo perso sui tabelloni dei voli in arrivo e in partenza. Altre si cercano ed è emozionante scorgere il momento in cui si trovano: l'espressione cambia, si accendono come lampioni, a volte si corrono incontro, si abbracciano, ridono, piangono, si baciano… Mi distraggono, mi portano via dai miei pensieri e dall'ansia. È un viaggio importante, questo mio. Sì, tutti i viaggi lo sono o lo diventano strada facendo, ma questo è diverso: questo è un ritorno.

Viaggiando si incontrano persone con cui si condividono momenti o periodi importanti, eppure, la maggior parte di loro non lascia tracce significative nella nostra vita anche se tutti contribuiscono a farci fare dei passi verso la conoscenza di noi stessi. Poi ci sono gli Incontri, quelli con la "I" maiuscola, quelli che la vita te la segnano per sempre, anche nel caso in cui spariscano. Molti anni fa ho fatto uno di quegli incontri, accadde in Egitto.

Finalmente sul tabellone compare il mio aereo: il ritardo segnalato è di un'ora, motivi tecnici, dicono. In mezzo alla folla noto quelli che indicano la nuova comunicazione e intuisco che saremo compagni di viaggio, ma prima ancora, di attesa. Tutti al Cairo!

"Irish?" – si rivolge a me una signora di una certa età, con cappellino di paglia, camicia rosa e bermuda beige pieni di tasche. "Me? No, no… I'm Italian" – sorrido. Lei sembra sorpresa e in un italiano dal forte accento americano si giustifica: "Oh! Questi riflessi rossi dei capelli, questa pelle chiara, le lentiggini, ho pensato…" – "Sì, mi capita di sentirmelo dire, a volte, ma no, sono italiana di nascita e di origini. Lei è americana?" – chiedo per cortesia – "Oh, sì… ho sposato un italiano, vivo in Italia da molti anni ma non ho perso il mio accento".

Mi suona il cellulare, è zio Michele: accenno un gesto di scuse e rispondo.

"Ciao zio… pare che partiremo con un'ora di ritardo, farai in tempo a rientrare a casa e sarò ancora qui… pazienza… ma sì, ma sì, stai tranquillo, prenderò un panino. Ci sentiamo per email dal Cairo… sì, ora avverto Nura… tu saluta tutti, ti abbraccio, ciao!".

La signora mi guarda con un sorriso interrogativo mentre digito veloce un sms per la mia amica egiziana, Nura, che mi aspetta al Cairo.

Mi sento in dovere di spiegare: "Mi ha accompagnato mio zio, stamattina. I miei genitori vivono a Roma, ma sono fuori città per lavoro per cui mi sono organizzata con lui, dato che attualmente abito nel Cilento e lavoro nella libreria dei miei zii. Mi piace molto il mare e mi piace la tranquillità del paesino, anche se le mie amiche di Roma mi dicono che è da vecchietti!".

"Oh! Che meraviglia! Dev'essere molto pittoresco! Brava! Uno zio gentile, una libreria vicino al mare, mi sembra di vederla..." – la signora guarda in su immaginando la location da cartolina e le brillano gli occhi. "Sono una pittrice e gli scorci che offrono i paesini italiani sono la mia maggiore fonte di ispirazione. Ho conosciuto così mio marito: mentre dipingevo un romantico ponte, in Toscana, su cui lui passava e ripassava, incuriosito da questa giovane artista con cavalletto e colori. Un grande amore, da allora...".

Dalla tenerezza con cui guarda l'uomo seduto accanto a lei intuisco quell'amore. Lui sembra perso nella lettura del giornale ma accenna un sorriso senza distogliere lo sguardo e non posso non provare un senso di invidia mista ad ammirazione. Sospiro.

"Sei innamorata, cara?", la domanda diretta della signora mi fa arrossire ma non so bene come rispondere, non per mancanza di confidenza, ma per la difficoltà di dare un nome a quello che ho dentro. "Ecco... beh... credo di sì... lo ero, credo di esserlo ancora...". Sono in imbarazzo e la simpatica signora non vorrebbe infierire, ma prosegue: "Sì, sembra che tu lo sia. Vai da lui, in Egitto?". Ommioddio, ma davvero sono così trasparente? "Ecco... è una storia lunga e complicata".

Mi sento una sciocca con una sciocca storia e una risibile motivazione di partenza. Ho tenuto tutto dentro per così tanto tempo che questa storia d'amore che sta prendendo aria mi fa sentire nuda e fragile. Mi sentivo forte perché la proteggevo in silenzio; ora che è tornata fuori attraverso i miei racconti a zio Michele, sento addosso la fragilità e la vulnerabilità che danno i dubbi e gli interrogativi senza risposta.

Zio Michele, vigile in pensione, uomo di ottima e robusta costituzione ma pur sempre ultrasettantenne, è caduto in malo modo da uno dei suoi bellissimi olivi argentati e si è fratturato svariate ossa. È stato costretto a tre interventi chirurgici e a una lunga degenza nell'ospedale di Vallo della Lucania. Mia zia Miriam, sua moglie, donna elegante e distinta, innamorata del marito come la dama di un tempo lo è del suo cavaliere, è rimasta al suo capezzale per dieci giorni senza allontanarsene un attimo. A me è toccata l'intera gestione della libreria, che adoro, finché non abbiamo cominciato ad alternarci io e zia Miriam tra la compagnia allo zio e il lavoro in libreria. Le mie visite hanno cominciato presto ad assumere la connotazione di un romanzo a puntate dato che, per distrarsi dalla propria condizione di immobilità e sofferenza, zio Michele mi chiedeva di raccontargli dei miei viaggi.

Ho viaggiato molto, in effetti, tra paesi europei, America latina, Medio Oriente e avevo un'infinità di cose da raccontargli. Lo zio e, inevitabilmente, anche il suo compagno di stanza, professore serio e baffuto altrettanto fratturato e immobile, mi ascoltavano con interesse. Mentre il professore taceva apparentemente impassibile, zio Michele mi tempestava di domande. Lo affascinavano soprattutto i racconti sul deserto e vedendo che certi ricordi mi facevano brillare gli occhi, tanto chiese e tanto volle sapere che mi ritrovai a parlare di Pablo Karim, il mio grande amore, incontrato tra le sabbie dorate del Sahara egiziano. Lui, mio zio, dice che sono stata in apnea in tutti questi anni, e aver raccontato la mia storia è servito a restituire ossigeno a me stessa. Non so se abbia ragione, ma sono seduta in questo aeroporto con un boarding pass in mano pronta a partire e ridare realtà a ciò che finora ha somigliato troppo a un sogno. Un sogno in apnea. Potrebbe essere un brusco risveglio, ma non posso continuare a vivere di ricordi e interrogativi. Sono pronta, sì; pronta a riportare al presente il mio vivere quotidiano.

Sono pronta, io, ma non è pronto l'aereo: sul tabellone compare la scritta che annuncia un'altra ora di ritardo!

"Oh no!" – esclamo indicando alla signora americana il nuovo orario. Lei non si scompone, anzi, mi prende a braccetto e mi dice: "Andiamo a bere qualcosa al bar. Antonio, tieni d'occhio il bagaglio, please…".

Il marito le fa occhiolino e io non posso rifiutare l'invito. Ci sediamo a un tavolino in cui sembra impossibile concentrarsi in una conversazione, tanta è la confusione, tante sono le persone che ci camminano intorno, quasi addosso. Eppure la dolcezza della signora, fatta di ascolto e interesse sincero, mi spinge a parlare come se fossimo in un confessionale. "Comincia pure dall'inizio, cara, abbiamo tempo" – mi dice cominciando a sorseggiare il suo tè alla pesca. Ma io comincio con una domanda: "Lei e suo marito non avete avuto problemi per il fatto di provenire da paesi e culture diverse?" – "Come ti chiami, cara?" – forse sta prendendo tempo? – "Mi chiamo Maya, e lei?".

Stiamo cominciando a conversare dei massimi sistemi, a confidarci come fossimo vecchie amiche e non ci siamo ancora presentate. Succede, viaggiando.

È quindi già cominciato il mio viaggio? Che cos'è un viaggio, dopotutto, se non un percorso verso la propria consapevolezza? Non lo si fa mai da soli, anche se pensiamo che sia così.

"Mi chiamo Shirley Giardini, e tu hai un nome meraviglioso, Maya… uno dei nomi del nostro pianeta, proprio un nome importante… e mi pare che basti a rispondere alla tua domanda, non pensi? Quando si decide di passare la vita con un'altra persona si accolgono le differenze come qualcosa che deve arricchire ognuno di noi e la coppia stessa. Non sempre è facile, ma non dipende da paesi e culture, dipende da qui" – dice, portandosi la mano sul cuore.

"Siamo tutti figli della stessa madre Terra, Maya, esploratori di noi stessi e del bellissimo mondo che ci è stato donato".

Questa signora è adorabile, sono quasi commossa. Senza sapere ancora niente di me mi ha detto con pochissime parole e sguardo profondo e sincero ciò che per anni ho fatto fatica a capire.

"A me piace pensare al mio nome come alla traduzione egiziana di *acqua*".

Devo aver abbassato lo sguardo in modo eloquente perché Shirley mi dice "Ohhh… capisco… parlami di lui, vuoi?". O questa donna è una maga e legge nel suo tè le associazioni di idee che fa il mio cervello nel pronunciare la frase *"A me piace pensare al mio nome come alla traduzione egiziana di ACQUA"*, o io sono un impressionante libro aperto desideroso di essere letto.

Sbircio l'orologio, non vorrei intavolare un racconto interminabile e noioso. Non vorrei rischiare di arrivare alla fine e iniziare a considerare il ritardo dell'aereo come un segno, un messaggio del destino per cui decidere di correre via, abbandonando le speranze e i buoni propositi.

La metallica voce che annuncia imbarchi e voli non tradirebbe nessuna emozione nel ribadire che un passeggero non si è ancora presentato al gate. Ma mio zio ne soffrirebbe troppo. Partirò. Partirò comunque e con qualunque ritardo.

"Vivevo in Egitto già da un po'" – dico rivolgendomi timidamente a Shirley. "Le parlo di undici anni fa. Lavoravo alla biblioteca dell'Università Americana, catalogavo vecchi libri dalla mattina alla sera... ogni tanto sentivo il bisogno di alzare lo sguardo su grandi spazi, lasciare la polvere tra quelle pagine per trovare quella d'oro di sabbia, sentirla tra le dita e sotto i piedi, quasi impalpabile.

Conosce l'oasi di Siwa?" – "Ne ho sentito parlare, ma non ci sono mai stata" – "Io c'ero già stata più volte, è un posto meraviglioso, dista dal Cairo circa 600 km. Si trova nel deserto occidentale, più precisamente nella depressione di El Qattara. Un'oasi dove ritemprarsi e fare una pausa dal mondo, soprattutto da quel mondo caotico, inquinato e rumoroso chiamato Il Cairo. C'ero già stata, a Siwa, con degli amici. Avevo conosciuto splendide persone del posto e questa volta, la volta di cui le parlo, c'ero andata da sola, per stare con loro e godere della pace e della semplicità del villaggio. Era la fine di aprile". Shirley mi guarda con attenzione e interesse.

"Uno dei miei amici era Abdallah. Allora aveva circa trentacinque anni, era già sposato e padre di cinque figli: un uomo elegante e altero. La sua galabeya era di seta morbidissima; di solito portava i gemelli d'oro ai polsi, un gilet marrone ricamato di nero e la kefya in testa, messa come non si vedeva solitamente in città, in un modo che donava nobiltà alla sua figura e al portamento.

Era gente semplice, quella di Siwa, ma indossava galabeye linde e stirate, gli uomini avevano barba e capelli curatissimi, e alla guida dei loro carretti andavano a testa alta come antichi romani sulle loro bighe.

I bambini erano puliti e ordinati e giocavano saltellanti per le strade. Venendo dalla polverosa confusione del Cairo mi capitava di dimenticare queste immagini e di ritrovarle sempre con stupore. Quando arrivavo a Siwa i bimbi mi guardavano con i loro occhioni, sorridevano, salutavano, alcuni mi seguivano per un po'. Le bambine erano stupende, tutte con le trecce che finivano in grandi fiocchi colorati.

Abdu, proprietario dell'omonimo ristorante, era un altro gran bel personaggio a cui mi ero affezionata. Il suo aspetto fisico, la sua camminata dondolante, mi facevano sorridere. Già allora aveva una certa età, un discreto pancione, la faccia sorniona. Parlava uno strano italiano, lontana reminiscenza di quando in Libia frequentava gli italiani. Diceva che i più anziani del villaggio ricordavano ancora un po' la mia lingua perché molti di loro lavoravano in Libia, inoltre un tempo gli italiani erano di casa in Egitto, prima di Nasser, quando lì convivevano pacificamente tutte le razze, le religioni e i colori del mondo. Altri tempi! Da Siwa il confine con la Libia è molto vicino e allora non c'era bisogno del passaporto. Poi le cose sono cambiate; i siwani non hanno più avuto bisogno di andare a lavorare in Libia perché non offriva più ciò che offriva una volta. A Siwa c'era anche la scuola superiore e i giovani erano costretti a spostarsi dall'oasi solo se volevano frequentare l'università".

"Sembra che si tratti di un luogo davvero ameno!".

"Oh, sì, Shirley, lo era. Ho quasi paura di non ritrovare la magia di allora, ora che ci torno".

"Ah, ma è lì che sei diretta, allora...".

"Sì, mi manca anche il Cairo, mi manca il maestoso Nilo, mi mancano il pane di strada e le polpettine di fave, ma più di ogni cosa mi sono mancate e mi mancano le sensazioni provate in quei luoghi, a Siwa più di ogni altro posto al mondo. Pensi, Shirley, mi sentivo più bella, in quel posto. Non mi truccavo, non mettevo addosso niente di particolare, ma probabilmente mi rivestivo di ciò che tutta quella serenità mi donava, come uno specchio riflette ciò che ha di fronte, come l'acqua assume il colore del cielo. Per il solo fatto di amare quell'incanto mi sentivo piena, traboccante, risplendente di fortuna e di gioia. Credo che fosse così per ogni persona che passava da Siwa. Il mio amico Salama, gestore di un alberghetto del villaggio, teneva un "libro dei ricordi" in cui gli ospiti potevano scrivere dei pensieri, e in tutte le lingue, in tutte le calligrafie si leggeva lo stesso messaggio. Grandi viaggiatori, che pure ne avevano visto di mondo, sono sempre rimasti incantati e catturati da quell'oasi di pace. I viaggiatori stessi facevano parte delle cose belle di Siwa, perché ognuno di loro sapeva condividere questa pace e custodirla. Ho sentito tanti di quei racconti, lì a Siwa! Ho incontrato persone speciali... la mia voglia di viaggiare non faceva che aumentare, e allo stesso tempo il desiderio di tornare, rivedere, riconoscere... Era bellissimo che gli abitanti mi incontrassero e mi sorridessero perché si ricordavano di me, eppure ne vedevano di persone! La cosa che mi ha sempre dato gioia nei miei viaggi era quella sensazione di "casa" che si prova in certi luoghi, nonostante siano fuori dal mondo e molto vicini al Cielo, proprio come Siwa, la casa degli angeli".

La signora in rosa ha finito il suo tè. È affascinata dalla mia descrizione ma da come gioca con la cannuccia penso che voglia che arrivi al nocciolo. Non sa quanto mi costi. O forse lo sa, la mia "fata pittrice". Ordina due tramezzini, senza chiedermi gusti e permesso, e me ne porge uno al tonno. Non vuole interrompermi.

"Quella volta Abdallah mi portò con sé, un pomeriggio, e fu allora che incontrai per la prima volta colui che ha marchiato a fuoco il mio cuore". Sorrido sapendo di aver detto parole di un certo impatto! Infatti Shirley ha un moto di tenero stupore e sorride unendo le mani: "Colpo di fulmine?".

"No, non si trattò di un colpo di fulmine. Anzi. La prima impressione che avemmo l'una dell'altro non fu positiva. Lui disse di essere un musicista, in cerca di ispirazione, in cerca di qualcosa, il che mi sembrò un po' ridicolo, un po' new age... Dissi che non l'avrei distratto dai suoi intenti, e infatti ero ben lieta di non dover cercare argomenti o frasi di circostanza solo perché Abdallah ci aveva presentato e mi aveva proposto di unirmi alla comitiva.

"Hai una sigaretta?" – mi disse.

"Ah, è di questo che andavi in cerca?" – risi. Lui no.

"Comunque no, non fumo, non ce l'ho".

"Lei è Maya, è italiana" – disse Abdallah.

"Pablo Karim".

"Piacere" – risposi, incuriosita per quel nome doppio... ma non dissi niente di più e non ci stringemmo la mano. Un doppio nome? Un nome e cognome?

Era un bel ragazzo, con la pelle color caffelatte, i capelli scuri, un po' lunghi, un po' scomposti, che si aprivano su un paio di occhi lucenti, d'argento, taglio lungo, ciglia folte e scure, un velo di barba, fisico asciutto, spalle larghe. Era sicuramente più grande di me, sicuramente affascinante, ma il suo sguardo era sfuggente e sembrava freddo. Netto il contrasto con la mia pelle bianca e i capelli castano rame. Ero esile, pallida, sembravamo il giorno e la notte. Un'alba e un crepuscolo.

Eravamo in cinque: io, l'intrusa (e donna, perfino!); Abdallah, la guida; Ossama, alle prese con la sua nuova Toyota da provare sulle dune; Mido, un simpatico e brillante amico loro; e Pablo Karim, il musicista distratto e schivo. Si parlava un po' in arabo e un po' in inglese.

"Vuoi?" – mi sorprese in italiano, con un accattivante accento spagnolo, offrendomi una gomma. Risposi: "No, grazie". Evidentemente mancando le sigarette aveva ripiegato sulle gomme. Avrei rischiato la vita, con una gomma in bocca su e giù per le dune!

Questa fu tutta la nostra conversazione lungo il percorso saltellante verso le dune dorate. Deserto del Sahara, diremmo noi; solo "sahara" dicono loro, che significa "deserto", ed ecco le dune prescelte per mettere alla prova il Toyotone, il giorno in cui le stelle si erano sistemate in modo tale da permettere il nostro primo incontro. Se me l'avessero detto non ci avrei creduto, e di sicuro non l'avrei desiderato. Avevo in mente che il mio grande amore sarebbe stato, un giorno, un qualche nobile rampollo o un professionista in doppiopetto, un intellettuale, rifinito e con i piedi per terra… Ma la vita ha più fantasia di noi, per quanto sognatori riusciamo ad essere.

Correre su e giù per dune scoscese tenendosi stretti a qualche metallico appiglio mentre il sedile perdeva il contatto col mio fondoschiena e le gambe sembravano leggere e senza controllo, era divertente ed emozionante, ma riuscii a trattenermi dal lanciare gridolini o sfoggiare sorrisi troppo scomposti per mantenere la mia aria un po' distaccata e formale, l'aria di chi non si scopre e non ha interesse a prendere confidenza. Che scema! Mido mi chiese se fosse tutto ok. Risposi di sì con la testa, sorridendo timidamente, ma dentro di me pregavo di non venir sbalzata fuori in un eventuale ribaltamento del mezzo!".

"Ha mai corso in jeep nel deserto, Shirley?" – "Oh, never! Mi sembra una cosa pericolosa! Io e la mia artrosi non sopporteremmo!".

"Infatti" – sorrido immaginandola col suo cappellino svolazzante e il suo viso così espressivo… – "Altro rischio spiacevole è quello di insabbiarsi e può volerci molto tempo per liberare le ruote dalla sabbia. Di solito se si va con più di una jeep il problema è minore, perché ci sono i cavi per agganciare e tirare l'auto insabbiata le cui ruote girano a vuoto. Se si va con un solo mezzo... bisogna spingere! Posizionare le slitte, provare, scavare, insistere, ma soprattutto spingere, uomini o donne che siamo. Faticosissimo e noioso. Possono bastare trenta secondi, come possono volerci ore. Fortunatamente Ossama sapeva il fatto suo: nessuno si era fatto male, ma ognuno di noi, cercando di non farlo notare, tirò un sospiro di sollievo al momento della prima sosta.

Ci fermammo per ammirare il tramonto ai piedi di una duna che sembrava scolpita. Le sue ombre scure e lunghe spalmate sulla grande sagoma giallo oro pian piano svanirono per lasciare il posto ai colori caldi e poi freddi del crepuscolo. Spettatori infinitesimali, puntini insignificanti al cospetto della natura. Di lì a poco, pieni di bellezza e traboccanti di emozione, guidando con meno enfasi e subendo meno scossoni, tornammo al villaggio.

Nessuno commentò, ma non ci si ferma in un luogo del genere, in un momento del genere, se non si ha un animo sensibile e profondo. Non si tace incantati. Condividemmo un incanto. Lo apprezzai, e mi sentii già più vicina a quei ragazzi.

Siwa era allora, perché sicuramente avrà perso in questi dodici anni un po' del suo selvaggio splendore, un villaggio di case di fango essiccato, asinelli, carretti, bambini e sorgenti d'acqua pura, il tutto immerso in un mare verde di palme da dattero. Palme come pennellate ondeggianti, e alla fine, un dorato orizzonte lontano: un verde azzurro paradiso circondato dallo sconfinato Sahara.

Siwa è un fiore nella fessura di un muro di pietra, è una piccola stella brillante in un immenso cielo scuro, è una barchetta in mezzo all'oceano... eppure è un mondo intero in cui ci si sente ricolmi di ogni bene e di ogni bellezza. È vita pullulante, è natura, è umanità, è pace".

"Maya, escono quadri bellissimi dalle tue parole! Ho sempre dipinto dal vero, ma mi fai venire voglia di lasciarmi ispirare dalle suggestioni che provocano in me i tuoi racconti".

"Oh, non la sto annoiando, allora!" – "Assolutamente no! Continua, ti prego! Verrà a chiamarci mio marito se ci sono aggiornamenti sull'orario di partenza".

"Incontrai di nuovo i ragazzi sotto il portico del ristorante di Abdu prima di cena. Scambiammo due parole, un po' più rilassati e ben disposti, e finimmo per cenare tutti insieme. Via via che passavano le ore la diffidenza e il distacco cominciarono a svanire, tanto che tutti ammettemmo di aver vissuto attimi di terrore a bordo di quel Toyotone lanciato a tutta velocità lungo crinali vertiginosi! Una risata dietro l'altra, arrivammo a ridere anche del nostro primo scambio di parole, riconoscendo di aver tenuto atteggiamenti ridicoli. Lo sguardo d'argento di Pablo Karim, seppur sfuggente, era meno freddo. Ogni tanto provavo a guardarlo all'improvviso, senza che se ne accorgesse, perché avevo cominciato a pensare che mi ricordasse qualcuno e non capivo chi. Pensavo a una somiglianza... ma cos'era? Il sorriso? Erano i lineamenti? La voce? Qualcosa in lui cominciava a risultarmi familiare e non poteva essere a seguito di quelle poche ore trascorse insieme. Magari l'avevo incrociato per strada, un giorno al Cairo, o in aereo, nella metropolitana, in un manifesto di qualche concerto... forse mi aveva colpito senza che me ne rendessi conto e ora il mio cervello lo riconosceva, senza orientarsi.

Mi dica, Shirley, è così che funziona quando si riconosce un sogno? O l'avevo conosciuto in una precedente vita? E se di questo si trattava, non avrebbe dovuto anche lui riconoscere me?" .

Le parlo quasi come se fosse davvero una fata e potesse illuminarmi sui miei quesiti esistenziali guardando nel fondo del bicchiere.

"Oh, Maya, non saprei! Sono qui che aspetto che tu me lo dica, ma se salirai su quell'aereo per il Cairo mi viene da pensare che quel sogno stia per avverarsi. Sbaglio?".

Cerco di vedermi per un attimo con gli occhi di questa dolcissima donna. Non sembra che mi prenda per pazza o visionaria. Il sogno era quello che ho vissuto allora o quello che sto per vivere? Negli anni in cui mi sono consumata nell'attesa di un'imprecisata eventuale ricomparsa, dov'era lui? Ho costruito il mio castello in aria e ci ho vissuto da sola o c'è stato anche lui, rinchiuso nella torre più alta e inaccessibile? Mio zio è convinto che rivedrò Pablo e che ho il dovere di fare tutto ciò che posso per andare incontro al mio destino. È convinto che lo farà anche lui, che ci stiamo cercando e che ci ritroveremo. Questo viaggio è la sua scommessa: lui ha puntato. È un romantico sognatore, o forse è solo un uomo così innamorato della sua donna che sa che farebbe qualunque cosa per stare con lei, se già non fossero insieme da una vita.

Seguendo il filo dei miei ricordi riprendo, senza avere una risposta per Shirley:

"Ma... noi due ci siamo già conosciuti?" – azzardai rivolgendomi a Pablo. Tutti risero pensando che fosse una battuta. Mido disse: "Te l'ho detto che avevi bisogno di una doccia! Eri irriconoscibile, prima! Signorina, non ci crederà, ma ha conosciuto questo stesso uomo qualche ora fa!". Lasciai perdere, ma notai un'espressione di lui che presi come una conferma. Vidi ciò che desideravo vedere. Si chiamano illusioni... ce le creiamo da soli, ci fanno star bene, e io ero libera, liberissima di crearmi tutte le illusioni che volevo. Ci si sente liberi e pronti quando si è giovani e felicemente soli.

Più tardi Abdallah ci disse che non lontano da lì c'era un gruppo di siwani che suonava musiche locali e ci mobilitammo all'istante per andare ad ascoltarli. Le melodie siwi, di ispirazione più africana che araba, frutto di strumenti particolari e percussioni di vario tipo, erano trascinanti. All'inizio ce ne stavamo seduti sulle stuoie limitandoci a battere ritmicamente un piede, poi cominciammo a battere anche le mani, a muovere le braccia, la testa... insomma, in breve ci alzammo e ci mettemmo a ballare, noi e molti altri, stranieri e siwani, sotto un unico cielo pieno di musica e di stelle. La magia delle percussioni, io credo, sta nella somiglianza coi battiti del nostro cuore ed è con lui che entrano in sintonia, e da lì all'anima il passo è breve. Si accordano col cosmo, vengono da lì. È musica che asseconda l'anima e secondo me quel musicista in cerca d'ispirazione doveva aver ricevuto una bella scossa!

Più tardi, nella mia stanza, mi addormentai con una strana eccitazione nelle vene: pensai fosse musica residua, musica dentro.

La mattina dopo andai, come tante volte avevo fatto, nel giardino di Abdallah per leggere all'ombra nel suo gazebo.

Nel giardino di Abdallah ci si sente come nel cuore del paradiso terrestre: ci sono tante palme, ma anche una grande varietà di alberi da frutto, cespugli, fiori, fontane. Tutto sembra assolutamente naturale, come se l'opera dell'uomo non volesse rivelarsi se non nell'intreccio fra tronchi e frasche di palma che compongono il gazebo. Niente a che fare con i giardini all'inglese o con le architetture geometriche di aiuole, pratini e vialetti. Parlo di un posto in cui è la bellezza stessa della natura a dare mostra di sé, in armonia, conservando semplicità e maestosità allo stesso tempo.

Quello di Abdallah era uno dei giardini più belli dell'oasi perché lui ne aveva molta cura. Ben nascosta tra gli alberi c'era un'altalena, un semplice pezzo di legno attaccato con due corde a un grosso ramo. Quello era un altro angolo che amavo, perché adoro lasciarmi cullare dalle altalene: un volo verso il cielo, e si ritorna a sfiorare la terra, un altro volo verso il cielo, e si ritorna a sfiorare la terra. Vento in faccia, capelli in faccia; di nuovo vento in faccia, di nuovo capelli in faccia, come carezze. Molte carezze. Intanto le voci degli animali, vicini, lontani, piccoli e invisibili, grandi e domestici, decoravano il silenzio che sembrava comunque di conquistare, adornavano la pace, insieme ai frutti, all'acqua che brillava al sole, all'aria che si muoveva e passava lieve".

Sospiro. Sospira anche la mia signora in rosa, catturata. Il trambusto dell'aeroporto sembra davvero sparito e faccio fatica a contenere una fitta al cuore al pensiero che sto per tornare proprio in quei luoghi. Non più parole nell'aria, ma sole sulla pelle, profumi, sabbia sotto i piedi…

Come ho fatto a lasciar passare tanti anni?

"Era tiepida, l'aria, si stava d'incanto, e con me avevo un bel romanzo, preso in prestito nella biblioteca in cui lavoravo: non troppo impegnativo, visto che dovevo rilassarmi al massimo, e non troppo coinvolgente, per lo stesso motivo. Tuttavia non avevo abbastanza concentrazione per riuscire a seguire ciò che leggevo. Mi ritrovai come un elastico a ricominciare sempre dal capoverso di pagina 35… *"La nebbia avvolgeva le colline e l'auto di Mike procedeva lentamente lungo la strada tortuosa…"*. Altri pensieri mi distraevano, ma non riuscivo a metterli a fuoco, forse non era facile pensare alla nebbia che avvolgeva le colline o forse non avevo nessuna voglia di farlo, vista la latitudine e lo stato di grazia.

A un certo punto arrivò, con passo deciso, Pablo Karim, come dal nulla. Non mi sorpresi di vederlo, e solo allora realizzai che stavo pensando a lui quando comparve. Era forse uscito dai miei pensieri? Fatto sta che era lì, sorridente, e mi porgeva una manciata di datteri rossi, freschi freschi, appena colti.

"Assaggia" – disse. Io assaggiai volentieri. Adoro i datteri, soprattutto quelli di Siwa. Quelli erano particolarmente buoni. Dolci, succosi, con la buccia tenera... Pablo disse di averli presi nel giardino di suo nonno, dove c'era una qualità di palma molto particolare, non molto diffusa. Avevo saputo che Pablo era a Siwa perché in visita a suo nonno, e approfittai per chiedere qualcosa di più. Così cominciai a comporre un puzzle di cui avevo ancora pochissimi elementi. Ovviamente chiusi il libro e mi misi ad ascoltare rapita.

Il ragazzo aveva una bella voce, calda e profonda, e quell'accento spagnolo rendeva il suo racconto musicale.

"Il mio nome è Pablo Karim, nelle mie vene scorre sangue misto: spagnolo e arabo. Mia madre è spagnola, catalana, e mio padre egiziano" – disse.

Questo era già interessante... la madre si sarà convertita all'Islam per sposare un musulmano? O forse il padre di Pablo era un cristiano copto?

Le domande dovevano essersi dipinte sul mio volto perché senza che le pronunciassi ebbero risposta.

"Mia madre era ed è cattolica. Mio padre era ed è musulmano. Il loro amore non ha avuto vita facile... ma ha resistito a tutto. Io ne sono una testimonianza, e mio nonno, qui a Siwa, anche".

Capivo che un figlio fosse la testimonianza di un amore, ma che c'entrava suo nonno a Siwa? E Pablo quale credo professava? Aveva importanza?

"Mi piacciono le storie d'amore..."

Lui sorrise annuendo, come se l'avesse immaginato. Forse ero stata indiscreta anche solo illuminandomi di curiosità, ma lì nel giardino di Abdallah sembrava di essere fuori dal mondo, e sembrava di potersi dire tutto: c'eravamo solo noi, e se Pablo me l'avesse chiesto, ogni confidenza sarebbe rimasta all'ombra di quelle palme, senza clamori. Non c'era niente di male nel raccontare della propria famiglia, eppure il tono un po' solenne del ragazzo pareva preannunciare una sorta di rivelazione.

Lui cominciò a parlare guardando lontano, come se ripescasse ricordi suoi, con sguardo malinconico ma a tratti fiero.

"Mia madre, Ana, studiava archeologia a Barcellona, sua città natale, e venne in Egitto per la tesi di laurea che riguardava una qualche dinastia dell'antico regno... sai, per un archeologo l'Egitto è un tesoro inesauribile da scoprire, e allo stesso tempo le biblioteche delle più importanti università, o la famosa biblioteca di Alessandria, sono ricchissime di libri e antichi manoscritti in cui approfondire i propri studi anche all'interno di una ricerca sul campo. Insomma, mia madre era qui per motivi di studio. Era anche la prima volta che si trovava a visitare un paese islamico e una volta arrivata, scoprì con stupore e un certo turbamento, che l'Egitto non era solo un immenso sito archeologico, un'eredità di faraoni, ma un posto pieno di realtà diverse, reali e presenti, come l'Islam e l'affascinante cultura araba, interessanti e importanti, perché vive e pulsanti, forse più del mondo dell'antico Egitto che tanto attraeva turisti e studiosi da ogni parte del mondo. Pur senza tralasciare i suoi studi archeologici, mia madre si lasciò coinvolgere dalla vita quotidiana, dalle persone che la circondavano, dalla storia recente e dalla politica, che in pochi anni aveva cambiato totalmente faccia a questo paese. Da che doveva rimanere sei mesi andò a finire che rimase un anno; tornò a Barcellona per discutere la tesi ma poi ripartì per Alessandria. I suoi genitori cercarono di dissuaderla, ma lei aveva conosciuto mio padre, si erano innamorati, e lei decise che avrebbe passato il resto della sua vita con lui. Erano gli anni '60. Non era più facile come una volta fare una scelta del genere, tu lo sai, con il presidente Nasser era cambiato tutto.

Annuii, già catturata dal racconto; la mia famiglia era cattolica e tra i parenti non mi risultava la professione di fedi diverse. Avevo amici atei, agnostici, buddisti, ebrei, musulmani, ma non mi veniva in mente nessuna coppia "mista" tra le mie conoscenze.

"E tuo padre? Come si sono conosciuti?".

"Per caso. Per strada. Ma chissà, forse era semplicemente l'appuntamento con il destino, già scritto. Lui la vide, lei stava ammirando la fortezza di Qaitbay. Lui la notò perché era bella, aveva folti riccioli neri che ondeggiavano mossi dalla brezza del lungomare, così l'ha sempre descritta. La notò, ma si fermò a guardarla perché lei era immobile lì, con lo sguardo perso ed incantato verso un punto che, visto da lui, non presentava niente d'interessante. Se non fosse stato per quel movimento di capelli sarebbe parsa una statua. Una statua con una bella espressione. Fu l'espressione che colpì mio padre, Omar. Di solito la vista delle straniere, riconoscibilissime nella folla, lo irritava. Lui era uno di quei musulmani credenti, praticanti e anche piuttosto fanatico. Frequentava le scuole di Corano, seguiva un certo anziano che gli riempiva la testa di odio verso gli infedeli e lui seguiva il gruppo, era uno studente universitario, la jihad faceva parte dell'evoluzione personale di un ragazzo che diventava uomo. Non aveva messo in conto niente che potesse ostacolare quell'odio e quell'evoluzione. Era già promesso ad una ragazza, Fatima, che suo padre aveva scelto per lui. Non l'aveva mai incontrata, ma gli avevano detto che era bella e virtuosa, e questo bastava. Omar sapeva che l'avrebbe sposata, avrebbero avuto dei figli, tutto secondo copione. No, non aveva assolutamente messo in conto un imprevisto del genere".

"Forse in fondo in fondo non era così convinto di ciò che faceva. Forse ha semplicemente aperto gli occhi, no?".

"Forse. Ma non ne era consapevole. Cercò di lottare e di resistere a quella tempesta che gli si scatenò dentro, ma sai com'è l'amore... dicono che non conosca barriere, e ti posso garantire che le barriere religiose di mio padre sembravano insormontabili. Hai presente Montecchi e Capuleti? Ecco, una tragedia!". Ero sorpresa e perplessa.

"Ho presente, certo! Ma Romeo e Giulietta sono morti e non mi pare che abbiano avuto tempo per fare dei figli: i tuoi genitori hanno avuto te e se ho capito bene sono vivi e vegeti! Dove sarebbe la tragedia?".

Pablo ridacchiò amaramente, scuotendo la testa. Guardò in basso e poi girò il viso verso di me, come se avessi detto una follia. Per un attimo temetti di averlo offeso. Mi guardò quasi come se fosse colpa mia e disse:

"Lì è crollato il mondo, Maya, e sarebbe bastato un tempismo diverso, pochi minuti di scarto, e quei due non si sarebbero incontrati".

"Sembra che ti dispiaccia!".

"Già".

"Ma tu non sei mai stato innamorato? Tanto da mettere in secondo piano qualunque altra cosa, senza paura, con passione, con certezza e gioia?".

"Pensavo di sì, ma non so, non so più niente, forse no, forse se fosse stato amore non sarei qui a chiedermi se ho fatto la scelta giusta, due mesi fa, se era lei la persona sbagliata o se sono sbagliato io. Saprei di aver sbagliato, sentirei la sua mancanza. Sicuramente non ho mai vissuto uno sconvolgimento come quello di mio padre. Pensa che il mio nome è un omaggio a Pablo Neruda: loro due, i miei genitori, si inebriavano delle sue poesie d'amore, le indossavano come abiti cuciti su misura… a me sono sempre sembrate enormi, larghe, mi ci sentirei un nano nel vestito di un gigante. Mi spiego? Non ce n'è una che io abbia mai potuto sentire mia. Forse l'amore è per poeti e sognatori. La mia unica fedele compagna è stata sempre la musica, ma da molto non riesco più a suonare, è come se le mie dita non trovassero un percorso sui tasti del piano".

Avrei voluto subito approfondire questo accenno personale… questo "lei", questo "scelta giusta"… appena due mesi prima… Avrei voluto dirgli che amavo anch'io la musica e Pablo Neruda e che avrei desiderato profondamente indossare le sue poesie come se fossero scritte per me, ma tacqui. In fondo neanch'io avevo mai provato un amore come quello di Ana e Omar.

Il suo sguardo si fissò nuovamente sulla sabbia, per terra. Pensai che se si fosse voltato avrei potuto scorgere lacrime nei suoi occhi. Non si voltò. Per sicurezza io guardavo in alto, le fronde delle palme. Non sapevo se cambiare discorso. Mi limitai a tacere. Lo ammetto, non ero così presa dai discorsi da non notare con sorpresa l'effetto che mi fece sentirgli pronunciare il mio nome. Bello! Maya… ero io, esistevo, mi aveva "registrato" col mio nome, quindi non parlava tra sé e sé come poteva sembrare: parlava proprio con me!

"Oh, Maya, anch'io adoro le poesie di Neruda!" – mi dice sognante la mia fata dell'aeroporto mentre, come evocato dalle poesie d'amore, compare Antonio trascinandosi i nostri bagagli a mano e un'aria un po' sconsolata. "Le ho rubato sua moglie, ha ragione, ho abusato della sua compagnia!" – "No no, tranquilla signorina, sono solo venuto a dirvi che il ritardo aumenta. Sono andato anche a chiedere spiegazioni al bancone della compagnia, ma hanno parlato solo di problemi tecnici. Forse avremo un piccolo rimborso. Diversa gente si è già scaldata... c'è chi ha i bambini, chi coincidenze da prendere al Cairo... Non tutti hanno trovato un così piacevole modo di ingannare l'attesa!". E mi guarda ammiccando, forse curioso di tutte quelle fitte chiacchiere, forse geloso del tempo della moglie, forse semplicemente gentile.

"Grazie! E posso offrire qualcosa di buono a questo signore? Noi abbiamo mangiato dei tramezzini, non erano male, io me ne prendo un altro. Shirley, lei?".

Prendo le ordinazioni e mi metto in fila alla cassa. Approfitto per mandare qualche altro sms a Nura, a mia madre, a mio zio e anche alla mia amica Francesca con cui di solito condivido viaggi e avventure.

"Franci, sono ancora bloccata a Fiumicino, di questo passo arriverò di notte! Ho conosciuto una simpatica coppia che mi fa buona compagnia. Mi manchi, un bacio".

Risposta immediata da parte sua: *"Se avessi immaginato sarei venuta ad aspettare con te. Non cominciare a fare i tuoi soliti discorsi sui messaggi del destino: DEVI partire, hai capito? Non deludere me, tuo zio, il professore baffone, i loro amici infermieri, abbiamo investito tutti in questo viaggio!".*

"Ah ah ah! Sciocca! Partirò e comunque vada tornerò vincitrice. Promesso".

Questa fila non scorre. Oppure mi hanno visto distratta e mi sono passati avanti. Antonio e Shirley sono laggiù al tavolino e si stanno scattando delle foto. Sembrano due ragazzini all'inizio di una storia. Che belle le persone così! Finalmente pago e prendo tramezzini, biscotti e bibite. Sono qui ma non sono qui: sono sprofondata nei racconti e mi torna in mente ogni parola. Nemmeno quando ho raccontato questa storia a zio Michele la mia memoria è stata così fulgida ma ora, forse, ora che si avvicina il momento in cui rivedrò quel mondo, ogni particolare riemerge. Dettagliatamente riprendo il discorso da dove l'avevo lasciato. Forse mi serve per convincermi che sto facendo la cosa giusta e che ciò di cui vado in cerca in Egitto non è frutto di una fantasia romantica ma di una storia davvero importante, benché breve.

Antonio non vuole essere indiscreto, anche se la moglie gli ha sicuramente accennato i nostri argomenti, e va a fare un giro per i negozi dell'aeroporto. Non è che ci chiederanno l'affitto per questo tavolino? Beh, noi avremmo dovuto essere già in volo da un pezzo. Siamo in volo, sì, ma piroettiamo intorno a un punto fermo. In mente mi tornano dialoghi e successioni di emozioni, qualcosa dico e qualcosa resta non detto, ma Shirley intuisce e mi guarda come fossi un film.

"Fu in quel momento che comparvero Mido, Ossama e Abdallah a infrangere il pathos della situazione. Proponevano un altro giro su e giù per le dune. Mi sentii sollevata per quell'improvviso crollo della tensione, ma confesso che aspettai di sentire cosa avrebbe detto Pablo, prima di dare la mia risposta. Lui disse che aveva appuntamento di lì a poco con suo nonno e non poteva mancare. Dopotutto era venuto apposta per stare un po' con quel nonno che non l'aveva visto nascere né crescere. Colsi l'occasione e dissi che preferivo rimanere al villaggio a riposo, che ancora mi facevano male i muscoli per gli scossoni del giorno prima. E questo era vero. Così i ragazzi non insistettero e dopo qualche battuta, se ne andarono.

"Allora, se devi andare da tuo nonno…".

"Mio padre credette di aver incontrato un angelo, la purezza, l'innocenza, la bellezza… una benedizione!".

Aveva ripreso esattamente da dove aveva lasciato, come se il filo dei suoi pensieri non fosse stato interrotto. A me non rispose. Adesso sì, sembrava che parlasse a se stesso, ma non mi dispiaceva. Stetti più zitta e ferma che potevo. Desideravo sapere perché l'amore dei suoi fosse fonte di tanta amarezza, per lui. Lasciai che proseguisse liberamente. Era evidente che gli costava fatica. In un angolino della mente mi chiedevo come mai quel ragazzo così schivo mi raccontasse cose così personali. Chi credeva che fossi? Gli ispiravo semplicemente fiducia? Si sentiva solo? Ma così rischiavo di distrarmi!

Allora Pablo, col suo tono pacato che a volte poteva sembrare indifferente, mi distolse dalle mie perplessità perché disse che potevo andare con lui da suo nonno, se ne avevo voglia. Mi sembrò un onore. Un incontro con un anziano arricchisce sempre, e in un posto come Siwa assumeva anche una connotazione più suggestiva e interessante. In realtà era soprattutto il fatto di andarci con lui che rendeva l'incontro emozionante. Infatti, con la chiarezza di poi posso dire che se Pablo mi avesse invitato ad andare dal fruttivendolo o dall'asino del vicino l'avrei seguito comunque con trepidazione.

Il nonno di Pablo abitava alla fine del grande palmeto, lungo la strada che porta all'oracolo di Amon. Mi pentii quasi subito di aver accettato l'invito, ero fuori posto, che c'entravo? Niente. Non poteva nemmeno presentarmi come un'amica, ci eravamo appena conosciuti. Forse gli facevo comodo perché era lui, Pablo, a sentirsi in imbarazzo di fronte al nonno, e preferiva non trovarsi da solo con lui. Provai a titubare, ma Pablo si fermò e mi aspettò senza dire niente, così, semplicemente, accelerai il passo e andammo avanti, quasi senza parlare. Mi rimaneva il disagio, non sapevo che dire. Avrei detto ancora meno, al nonno, dato che non parlavo arabo. Lo capivo giusto un po'. In questi casi, grandi sorrisi, e silenzio. Mi ci ero abituata andando in giro con Abdallah.

Il nonno di Pablo era un bel vecchio. Pelle scura, capelli bianchi, coperti da una sciarpa, galabeya azzurra, un bellissimo sorriso, sereno. Mi disse: "Benvenuta". Io feci un accenno di inchino. Ebbi la sensazione che mi stesse aspettando, anche se era impossibile che sapesse di me. Gli dissi il mio nome, Maya. Pablo non aggiunse altro, ma mi indicò dove sedermi. Subito ci fu servito quel buon tè verde che si beve a Siwa. Rimanemmo fuori dell'abitazione, all'ombra delle palme, forse proprio quelle dei datteri rossi, seduti a un tavolino. Il nonno guardava Pablo come ricordo che mio nonno guardava me: l'amore era tutto negli occhi. Incredibile come fosse evidente! Pablo non sempre reggeva quello sguardo. Io cercavo la somiglianza dei lineamenti. Parlarono poco, in arabo, non cercai di intuire, e mi persi nella mia osservazione. Ero con loro, ma non ero con loro. Ero in un momento di pace suprema, un momento di cui non avrei saputo definire la durata. Mi "risvegliai" tutto a un tratto rendendomi conto che entrambi mi stavano guardando e dissero qualcosa chiaramente riferito a me. Chiesi a Pablo di tradurre. "Sentirò ancora parlare di Maya" aveva detto il nonno. "E tu che hai detto?" – chiesi con aria sorpresa a Pablo.

"Può darsi".

Cosa intendeva? Cosa intendeva il nonno? Cosa intendeva Pablo? Volevano solo immaginare se ci saremmo rivisti o se ero di passaggio? Mi sa di no. Il nonno mi guardava dritto negli occhi col sopracciglio di chi la sa lunga. Forse avrà pensato che stessimo insieme. Aggiunse, parlando in modo che potessi capire, che la volta successiva ci avrebbe offerto il caffè turco. Bene, dissi, sia per l'ipotesi di una prossima volta, sia perché il caffè turco, soprattutto se aromatizzato al cardamomo, mi piaceva molto. Il vecchio volle stringermi la mano, come solitamente i musulmani non fanno, ma non era il suo commiato, benché fossimo ormai in piedi. Mi tirò leggermente per farmi affacciare all'interno della casupola. Solo un attimo poté durare la curiosità, poi fu sorpresa: in mezzo alla stanza disadorna stava un pianoforte a coda! Tutto mi sarei aspettata tranne che di vedere un pianoforte a coda in una casupola di fango e frasche in un'oasi nel deserto del Sahara! Ma in fondo, poi, perché no? La mia bocca rimase aperta per lo stupore, guardai sia Pablo, che era di spalle, apparentemente disinteressato, sia il nonno, che ammiccando accennò al nipote, come volesse intendere che il pianoforte gli apparteneva. In effetti aveva detto di essere un musicista... e che da molto non riusciva più a suonare. Ma se questo nonno lo aveva appena conosciuto, che legame c'era tra il pianoforte, il nonno e Pablo? Altri pezzi del puzzle da ricomporre".

Shirley segue i movimenti delle mie labbra e delle mie mani e a sua volta ripete con le espressioni eloquenti del suo viso l'altalenarsi delle emozioni che io rivivo nel racconto. Mi fa pensare ai bimbi a cui racconto e leggo fiabe in libreria, ma solo per un attimo, perché Siwa sovrasta ormai ogni mio pensiero e le mie parole ci tornano di corsa.

"Ci avviammo verso il villaggio. Non sapevo se fare domande, commenti... aspettai che fosse Pablo a parlare: "Mio nonno e mia nonna furono costretti a lasciare Alessandria dopo che mio padre perse la testa per una cristiana. La famiglia di Fatima si offese terribilmente per la rottura del fidanzamento. Il padre era un ricco pezzo grosso in città. I fratelli di lei cercarono in tutti i modi di far ragionare mio padre, anche arrivando a fare pressioni piuttosto pesanti, quasi minacciose. Ma lui non intendeva ragioni. Candidamente continuava a dichiararsi un uomo semplice, onesto e sincero. Non voleva essere chiamato traditore, ma inevitabilmente trascinava nell'imbarazzo anche i suoi genitori. I tentativi di fargli cambiare idea andarono avanti per mesi, ma lui non cedette. Mia madre era tornata in Spagna per affrontare più o meno nello stesso modo la sua famiglia. Nessuno appoggiò la loro scelta. Nessuno. Decisero di andar via dall'Egitto. Nemmeno in Spagna vollero vivere. Tagliarono i ponti con tutti e andarono a vivere a Chios, un'isola greca incantevole in cui mia madre poteva frequentare chiese cattoliche e mio padre le vicinissime moschee turche".

Anch'io conoscevo la splendida Chios, l'isola in cui nacque Omero... abitata per secoli da italiani, famiglie genovesi... c'è un po' di profumo d'Italia a Chios, ecco questa confidenza di Pablo con la lingua italiana, già facilitata dalla madrelingua catalana, oltre che dalla facilità che hanno i bilingue nell'acquisire qualunque altra lingua. Ecco, il famoso destino aveva pensato anche a questo: a tutte le combinazioni perché io e Pablo Karim potessimo comunicare nel modo più esauriente possibile. E pensare che sarebbe stato più facile incontrarsi in un'isola greca piuttosto che nella depressione del Qattara, nel deserto egiziano! Io ero già stata in diverse isole greche... avremmo potuto fare la spesa nello stesso negozio o bere una birra nello stesso locale, trovarci sulla stessa barca... e invece ci siamo trovati a Siwa. Chios aveva acceso in me le immagini azzurre di mare che si confondevano con quello che scorre nelle mie vene, il mio mare, quello di nascita, quello azzurro e spumeggiante delle coste tirreniche. Ma con un piccolissimo sforzo tornai al grande mare di sabbia che mi circondava in quel momento e a Pablo Karim che parlava ancora.

"Ai miei nonni rimase la vergogna, il timore per le minacce, e anche loro decisero di lasciare Alessandria. Ma lasciare l'Egitto era troppo. Vennero a Siwa. Mio nonno aveva un buon amico qui. Lo contattò, gli spiegò tutto e lui li aiutò a sistemarsi, a inserirsi, senza che venisse fuori il motivo del loro trasferimento. Ma con gli anni la voce oltrepassò i muri di fango e trapelò nel villaggio. Non ci furono conseguenze. Pare che i miei nonni avessero buoni rapporti con tutti e nessuno fece loro pesare una colpa che alla fine non era una vera colpa e di sicuro non era tutta loro.

A Siwa capita spesso che qualche straniera si porti via un bel ragazzo del luogo, attratto, oltre che dalla ragazza, dal miraggio della vita occidentale... a volte questi tornano, separati, a volte si fanno una famiglia e non tornano più, ma ai genitori arrivano periodicamente soldi a casa, e va bene così".

Queste erano cose che sapevo bene. Anche al Cairo ricevevo proposte e corteggiamenti e sapevo che non era il mio bel visetto pallido ad attrarre i pretendenti!

"E tua nonna? I tuoi genitori? Come hanno riallacciato i contatti? Non avevano rotto i ponti?".

"Mia nonna è morta prima che potessi conoscerla. Il pianoforte era suo. Volle portarlo da Alessandria, non avrebbe mai fatto a meno della musica. Qui a Siwa l'ambiente non è ideale per un pianoforte... troppa polvere, l'escursione termica... ma so che lo ha sempre curato come un figlio e le sue sonate radunavano un mare di persone quando il vento trasportava le note nel silenzio. Io ho imparato a suonare e ho amato la musica come mia nonna, senza che potesse trasmettermene lei la passione. Evidentemente il sangue è capace di trasmettere arte e talenti a dispetto di separazioni, distanze e scelte di vita.

Si racconta ancora, al villaggio, di quando arrivò il camion da cui fu fatto scendere quel pianoforte. Molti non ne avevano mai visto uno. Fu fatto scivolare solennemente lungo una pedana, avvolto con teli colorati a fargli da imballaggio. Appena fu a terra, mia nonna non resistette a metterci le dita sopra, sollevando appena la stoffa variopinta, per assicurarsi che il viaggio attraverso il deserto non l'avesse rovinato, e cominciò a suonare... storse la bocca, era un po' scordato. Ma lei era perfettamente in grado di accordarlo. Nonostante quello, il capannello di gente applaudì e la incitò a suonare ancora".

"Tuo nonno deve sentirne terribilmente la mancanza".

"Infatti. Fu quando lei si ammalò di cancro che si mise a ricercare mio padre. Non fu facile, non aveva elementi per trovarlo. Quindi cercò di rintracciare la famiglia di mia madre a Barcellona ed ebbe fortuna. Non solo trovò gli sconosciuti consuoceri, ma arrivò a mio padre perché già da qualche tempo mia madre aveva riallacciato i rapporti con la sua famiglia. Quando seppero che mia nonna stava molto male non se la sentirono di negare la possibilità di un contatto e promisero di comunicarlo a mio padre, che avrebbe usato come meglio credeva il numero di telefono della centrale di Siwa, oasi in cui scoprì che si erano trasferiti i suoi genitori. Dai consuoceri mio nonno venne a sapere di me, della mia esistenza, dopo oltre vent'anni! Penso che non abbia avuto risentimento dal momento che mia nonna Carmen gli riferì che il mio nome era Pablo Karim. Karim come lui. Significava che mio padre in qualche modo aveva comunque voluto tramandare al figlio le proprie radici.

Ricordo l'agitazione in casa dal giorno della telefonata di mia nonna Carmen che annunciava questo avvenuto contatto. I miei erano felici, avevano sempre sofferto per l'altissimo prezzo pagato lasciando patria e famiglia, soprattutto mio padre, che non aveva mai più messo piede in Egitto. Ma c'era il cancro. C'era questo fulmine a ciel sereno che in un attimo metteva in discussione tutti gli anni di assenza, gli anni in cui la nonna stava bene e non avevano potuto vivere un normale rapporto quotidiano. Possibile che l'amore per Ana potesse supplire anche quello per la propria madre, per il proprio padre, per il proprio Paese? Io non l'ho mai capito. E ora che finalmente il muro era stato abbattuto, mio padre avrebbe assistito solamente alla sofferenza di mia nonna, senza poter recuperare i venti e più anni buttati via".

"Che storia… e hanno potuto incontrarsi?".

"Mio padre, calmato il turbamento, emersi i sensi di colpa nei miei e nei loro confronti per non averci mai fatto conoscere, decise fermamente che avrebbe trovato il modo di venire a trovarli e di portarmi con sé. Io ero contrario, non volevo conoscere qualcuno e dover subito soffrire per la sua morte. Insieme ai sensi di colpa di mio padre emersero anche i miei rancori nei confronti di quelle scelte che mi avevano tagliato fuori dalle mie stesse radici, il risentimento verso quello che ai miei occhi è stato solo egoismo".

"Scusa se te lo chiedo... ma tu sei musulmano o cristiano?".

Pablo si girò di scatto e mi guardò malissimo, come se avessi messo il dito in una piaga. Non mi aspettavo una reazione del genere. Forse era così preso dai suoi pensieri a voce alta che non ricordava più di essere accanto a una sconosciuta. Forse dimostravo di non aver capito niente.

"Io non sono niente, Maya! Non sono niente e non sono di nessuno. Sono il frutto di un capriccio, di una scelta egoistica, di due persone che per non rinunciare al loro amore e al loro credo religioso hanno messo in crisi due famiglie e mi hanno fatto crescere come un senza patria, senza punti di riferimento, in nome di una libertà che non ho mai vissuto come tale, una libertà subita, una schiavitù camuffata da trionfo dell'amore.

Finito il liceo ho lasciato l'isola e ho vagato per alcuni mesi per l'Europa, da est verso ovest, fino alla Spagna, volevo farmi una mia idea del mondo, e alla fine decisi di voler conoscere almeno la famiglia di cui avevo notizie, quella di mia madre. Mi accolsero a braccia aperte, non mi aspettavo niente del genere. Cominciarono a vedere in me le somiglianze con quello e con quell'altro, mi presentarono a un'infinità di zii e cugini, ero frastornato, mi sentivo comunque un estraneo e una mattina me ne andai lasciando solo un biglietto. Nessuno mi aveva insegnato ad "appartenere", nessuno mi aveva insegnato che la famiglia non è solo una coppia in un'isola".

Senza accorgercene eravamo arrivati al villaggio. I racconti di Pablo, che mi lasciavano sempre più perplessa su quella che fosse la mia posizione, si dovettero interrompere. Senza tante chiacchiere, guardai l'orologio, lo salutai e dissi che salivo in albergo, non so nemmeno io a fare che. Forse dovevo solo smaltire un po' della tensione che avevo assorbito da lui. O forse avevo voglia di pensare un po' alla mia famiglia lontana, a questo vivere la propria vita allontanandosi da chi si ama, per inseguire un sogno, una chimera, per cercare se stessi o chissà cosa. Me ne stetti un po' stesa a faccia in su, a guardare il soffitto sopra al mio letto, chiedendomi se stare al Cairo e continuare a viaggiare era veramente quello che volevo o se potevo fare le mie esperienze anche in Italia, più vicino alla mia famiglia. Magari mia madre e mio padre soffrivano per la mia mancanza, magari potevano ammalarsi e io potevo non venire a saperlo... magari il destino aveva voluto che incontrassi Pablo Karim per farmi riflettere sul senso del mio peregrinare. Chi sono? Cosa cerco? Cosa voglio davvero? Non avevo risposte e non ne volevo, proprio lì, in quel momento. Ero stanca di pensieri pesanti, avevo voglia di tornare nella mia dimensione di presente assoluto: niente passato, niente futuro. Fame. Avevo mangiato solo i datteri rossi in tarda mattinata. Cibo. Il cous cous di Abdu mi avrebbe riconciliato col presente e con me stessa.

Mi alzai e prima di andare a mangiare andai alla centrale telefonica. Pagai tre minuti e chiamai casa mia, in Italia. Due chiacchiere veloci, giusto per assicurarmi che i miei ponti fossero tutti lì, sani, che potevo attraversarli quando volevo, che non ero poi così lontana, e loro potevano essere tutti tranquilli perché stavo bene ed ero serena. Paradossalmente la mia chiamata incuriosì mia madre che cercò di capire se stavo cercando di dirle qualcosa di strano, fra le righe. Negai, la rassicurai, e in tre minuti, quello che si riesce a dire, si dice.

Il resto resta lì, nel cielo che ci ricopre tutti, per quanta terra ci sia a dividerci.

Mi sentii comunque più tranquilla e andai a cena da Abdu, come sempre.

I ragazzi non c'erano, non li rividi per quella sera. Non so se mi dispiaceva. Forse no. Sai, Shirley, a pensarci bene nemmeno adesso ho le risposte a quelle domande. C'è stato un periodo in cui ho pensato di averle trovate. Mi dicevo: sono una ragazza fortunata, che ha avuto tanto dalla vita, una bella famiglia, la possibilità di studiare, di viaggiare, di fare un lavoro che ama, vicino al mare. Che altro c'è da cercare? Ho conosciuto l'amore, è stato bello, è stato doloroso, è stato.

Ma quante bugie siamo capaci di raccontare a noi stessi in nome della tranquillità e della paura di soffrire ancora! È stato mio zio ad aprirmi gli occhi, a ricordarmi chi ero e a spingermi a vivere ancora. Cosa voglio davvero? La possibilità di essere me stessa, senza cercare di girare intorno alla felicità. Le batoste si sopportano e si superano, se si è alleati di se stessi, se si accettano con onestà e umiltà; felicità non è evitare sconfitte e fallimenti, ma saperli affrontare con coraggio e amor proprio. La felicità non è una vita perfetta: è vivere senza rimpianti, mettendo a frutto i propri talenti e aprendo la propria anima. E quanto tempo ho già perso... Mio zio in quel letto d'ospedale, immobilizzato e dolorante dava a me dell' "immobile" perché stavo rinnegando il mio spirito girovago e la mia natura curiosa solo per paura. Più raccontavo e più mi accorgevo che mi pareva di parlare di un'altra persona. Eppure il sangue ribolliva nelle mie vene. "Sveglia!" – mi diceva zio Michele. Anche i miei amici in qualche modo mi dicevano di scuotermi, eppure così somigliavo di più a molti di loro, semplici, sedentari, senza ambizioni, turisti da ristorante italiano e albergo a cinque stelle di quelli uguali in ogni parte del mondo. "Tu sei una viaggiatrice" – mi dicevano – "è diverso". O almeno, lo ero stata. Evidentemente non ero ancora pronta per tornare in me".

"Oh, Maya, è così, è proprio così: a volte sono le sofferenze, i limiti imprevisti ad aprirci gli occhi su come stiamo sprecando i nostri giorni per leggerezza ma a volte per paura. È capitato anche a me, mi sono ammalata ed è stato come un risveglio. Ho combattuto e sono guarita, mi è stata data un'altra possibilità e da allora vivo con tutt'altra intensità, senza paura: la voglia di vivere è più forte di qualunque timore, nessun giorno, nessun minuto deve andare sprecato, dobbiamo A-MA-RE" – mi dice Shirley scandendo le sillabe. Non mi parla di viaggi e grandi imprese: sprechiamo veramente il nostro tempo quando non amiamo. Mi commuove, questa donna che scopro anche guerriera, e mi sento una stupida per non aver imparato la lezione quando è stato il mio momento di soffrire. Anzi, io ci ho guadagnato una regressione, una barricata di quieto vivere dietro alla quale sentirmi protetta.

Ebbene, oggi si scavalca!

"Shirley, oggi scavalco la mia barricata!". Le afferro la mano e la stringo con gratitudine e fermezza. "Amen!" – fa lei alzando con l'altra mano il bicchiere e simulando un brindisi. "Sempre se questo benedetto aereo si deciderà a portarci in Egitto!". Scoppiamo entrambe a ridere e in questo momento mi sento felice!

Finalmente ci alziamo e decidiamo di fare quattro passi lungo gli spaziosi ambienti dell'aeroporto, tra luci, negozi e persone. Shirley mi prende a braccetto come se stessimo passeggiando in un sentiero di campagna e mi dice: "Parlami del deserto, Maya, please. Quando si sente parlare del deserto viene da pensare a un grande niente che piano piano si rimangia la terra riducendo in sabbia e vuoto ogni roccia, ogni pianta, ogni forma di vita. In genere se ne ha una visione maestosa, ma pericolosa, si prova una sensazione di timore, di grossi rischi, grande mistero. Di sicuro non si pensa al deserto come a qualcosa di meraviglioso. Almeno per me è un po' così, ma tu ne parli in modo affascinante…".

"Vorrei dirvi, oh compagni di viaggio, dirvi la terra dell'insolenza suprema, la distesa del silenzio e della luce; vorrei, oh amici della favella e della parola se avete pazienza, raccontarvi la storia in cui niente succede, in cui niente inizia e in cui tutto finisce nella beatitudine e nella pace delle sabbie.

È del deserto che parlo e già le sue immagini, trasparenti e calde, inondano il mio spirito. È verso quell'infinito cangiante e quello specchio del cielo che vanno le mie parole, per attingere una frase, inventare una storia.

Tutte le storie hanno una fine. Non quella del deserto. Ecco perché non cesserò di dirla, e voi non vi stancherete di ascoltarla, perché è enigma. È la storia di dune e ombre che avanzano lentamente alla ricerca di una riva, guidate dall'uccello migratore. Un uccello o una mano. Alla scoperta dell'origine, nella sospensione della morte".

"Le è piaciuta? È un brano di Tahar Ben Jelloun, tratto da "La preghiera dell'assente". La so a memoria, me la ricordo ancora! Non pensavo di saperla ancora, e invece è sgorgata fuori come un torrente in piena! È così il deserto, Shirley.

La prima volta che visitai il Cairo, tutta la sabbia che si ammucchiava per le strade, in ogni angolo, e quella che strideva fra i denti e sotto le scarpe non appena si alzava un po' di vento, mi ricordava minacciosa che a un passo dalla città c'era il deserto, questo immenso spazio in movimento con l'aria e col tempo, che prima o poi sarebbe entrato con prepotenza anche in città.

Un giorno, in primavera, ci fu una tempesta di sabbia, e turbini di polvere entrarono da ogni fessura nella casa in cui stavo. L'aria era calda, bianca e densa, e gli alberi si inchinavano impazziti un po' di qua, un po' di là, fino a terra, perdendo rami, sparendo insieme a cose e palazzi nel bianco turbinare dell'aria. Avrebbe ricordato una tormenta di neve, non fosse stato per la temperatura. Fu una visita del deserto. Impressionante. Soffocante. Emozionante.

Sua maestà, sua immensità il Deserto! L'ho incontrato varie volte prima di innamorarmene.

Cominciai a subirne il fascino quando si cambiò d'abito, facendosi rosa sotto il sole al tramonto, il giorno che andai nel Fayoum, e quando lo vidi abbracciare le grandi piramidi di Giza, strappando per loro un ultimo lembo alla città. Allora notai che erano proprio strade e palazzi ad avanzare verso la sua vastità, togliendo il dovuto respiro a quei maestosi volumi, un tempo padroni dello spazio, veicoli per l'eternità.

Ma fu di notte, che scoppiò il grande amore. Un amore reciproco, tra l'altro, perché io dal quel miracolo mi sentii accolta e avvolta, capita, voluta, accettata in tutta la mia pochezza, attraversata e riempita, appagata. E piansi". Shirley mi guarda incantata, a bocca aperta.

"Dopo la prima notte vissuta nel deserto il mio antico timore diventò riverenza e rispetto verso qualcosa di talmente grande e bello da togliere il respiro; qualcosa di immenso, capace di accoglierti nel palmo della sua mano non più e non meno di un fiore, di una pietra, di una stella o di un'oasi. E infatti, dove sta la meraviglia di un'oasi se non nel fatto che sboccia nel bel mezzo di una meraviglia come il deserto?

La notte nel deserto è un'esperienza mistica. Anche il giorno è straordinariamente toccante, ma in troppi momenti il corpo ha la precedenza sull'anima, perché il sole lo mette a dura prova. Quando arriva la notte, invece, per quanto possa scendere la temperatura, il corpo diventa un mantice che respira assecondando le vibrazioni dell'anima sconvolta dall'emozione. Nessuna combinazione di parole potrà mai avvicinarsi a descrivere quell'esperienza. È una metamorfosi, una malattia, un'esaltazione dei sensi e dello spirito. Non si è più gli stessi, dopo aver vissuto il deserto. Non si pensa più a Dio come a un altro da noi, ma come a qualcuno che si è incontrato, che si è ascoltato, sentito dentro, come un vento che ci ha attraversato, come una voce che ci ha chiamato, e non è facile tornare a quella che chiamiamo realtà. Ci si torna, ma con un segreto che brucia dentro, profondo come il desiderio di riviverlo al più presto, con la scusa di verificare se era davvero così o se semplicemente siamo stati drogati, sconvolti, se abbiamo sognato.

"Cara Shirley, è per questo che andavo a Siwa ogni volta che potevo, è per questo che da Siwa mi lasciavo portare tra le dune e alle sorgenti azzurre, per sentire la voce che al Cairo era calpestata da rumori assordanti e affogata dai veleni dell'aria, per liberare i pensieri imprigionati e guardarmi dentro. Ogni tanto è necessario, è vitale. Anche il mare fa quest'effetto, qui in Italia mi salva il mare".

"Credo che dovrò considerare la possibilità di fare un giro nel deserto, Maya... ma Pablo Karim? Non hai mica finito di raccontarmi!".

"Pablo Karim aveva un fascino per me inspiegabile. In quei giorni mi accorsi che un misto di euforia e agitazione si impadroniva di me e non realizzai subito che la cosa corrispondeva ai momenti che precedevano i nostri incontri. Quando poi eravamo insieme mi sentivo prigioniera di un campo magnetico, una calamita fatalmente attratta dal suo sguardo, un attimo penetrante, un attimo perso chissà dove. E più ci conoscevamo più quello sguardo cominciava a perdersi anche nei miei occhi. Era come se si stabilisse un contatto, come se un raggio passasse attraverso le altre persone presenti, lungo le distanze che ci separavano e collegasse i suoi occhi ai miei. In quei momenti le nostre parole esprimevano qualcosa e i nostri occhi molto altro, senza filtri, senza deviazioni. A volte, scherzando, discutevamo e ci prendevamo in giro, ma gli occhi sembravano dire: "Di' pure qualunque cosa, ma non smettere mai di guardarmi…".

Eravamo tornati nel deserto con Abdallah e i ragazzi. Questa volta sembravamo amiconi da una vita e avevamo riso, scherzato, e io mi beavo delle sue risate più ancora che delle mie, mi beavo delle sue piccole attenzioni che forse notavo solo io. Però se la jeep si insabbiava scendevo a spingere come gli altri: si è tutti uguali di fronte al deserto, nel bene e nel male. La fortuna ha sempre voluto che il bene sovrabbondasse sul male.

Si è tutti uguali, ma lui per me era indiscutibilmente speciale e unico. Anche se non ne parlavamo, leggevo sui tratti del suo volto la storia che mi aveva raccontato e cercavo di scorgerne i segni, benché si trattasse di segni che portava incisi nell'anima. Quella che a me era apparsa come una bellissima e intrecciata storia in cui l'amore aveva vinto su tutti gli ostacoli trovando un compromesso accettabile e dando vita a un uomo sensibile e profondo, ribolliva in lui come una condanna, come una mano di carte mischiate male, come un calderone di sentimenti a cui non aveva ancora saputo dare il giusto nome.

Ma il viso serio dei primi giorni compariva sempre più di rado e non me ne stupivo affatto, ben conoscendo gli effetti benefici di quei luoghi. La mattina si faceva delle lunghe nuotate nelle limpide acque delle sorgenti e una volta gli avevo fatto compagnia seduta sul muretto, coi piedi a mollo e il solito libro che mi permetteva di avere un'aria distratta e un po' assente mentre non avrei staccato gli occhi da quel corpo scuro e ben disegnato che si muoveva nell'acqua come per liberarsi da ogni pensiero pesante e spiacevole.

Credo che avesse recuperato una bella dimensione del presente, e se la godesse. Passare del tempo con suo nonno, ritrovare in lui i tratti di quelle radici che pensava di non avere, la dolcezza e la serenità che solo i nonni sanno trasmettere, qualunque età abbiano i nipoti, agivano come un balsamo su quel cuore pestato dalle contraddizioni e dalla solitudine.

Qualunque fosse l'argomento delle nostre conversazioni, mi sembrava interessante, tutto era incorniciato dalle espressioni del suo viso, dal suo modo di muovere le mani, impreziosito dalla sua voce profonda e dolce e soprattutto da quegli occhi d'argento che parlavano una lingua tutta loro, una lingua che, grazie a Dio, intendevo benissimo. Ma il mio tempo per restare a Siwa era limitato, a breve sarei tornata al Cairo e questo pensiero, che ogni tanto faceva capolino nella mia coscienza, mi colpiva in testa come il batacchio di una campana, stordendomi leggermente. Pablo era in giro da un paio di mesi. Si era laureato in Lingue ad Atene, aveva lavorato come impiegato in un'azienda di import-export e si era messo con una certa Eleni, ma né il lavoro né la ragazza facevano per lui, così aveva lasciato entrambi. Dopo la morte della nonna aveva deciso di andare in Egitto e conoscere il nonno. In quei due mesi aveva visitato Il Cairo, diverse oasi, l'Alto Egitto, da Abu Simbel ad Asswan, Luxor, aveva risalito il Nilo fino al Delta e viveva il tutto come una sorta di ricerca di se stesso. Aveva fatto amicizia con quei ragazzi e con loro aveva condiviso la maggior parte dei viaggi in terra d'Egitto. Ma poi? Avrebbe ripreso il volo? Sarebbe rimasto in Egitto? Non avevo il coraggio di chiedere niente. Non faceva parte del presente.

Nel presente c'eravamo entrambi, anche se sembravamo provenire da pianeti diversi.

Nella mia vita, ancora breve, rispetto alla sua, avevo sempre viaggiato, fin da piccola, e il movimento era entrato nel mio modo di concepire spazio e tempo. Viaggiare era la norma, il senso: il mondo è rotondo, non c'è motivo di stare fermi in un posto come una bandierina piantata: bisogna lasciarsi rotolare in tutte le direzioni e abbracciare questa enorme Madre sentendola come un'immensa casa capace di accoglierci ovunque.

Io ero già una viaggiatrice, assetata di meraviglie, curiosa di persone, culture, punti di vista, curiosa di quale fosse, in ogni luogo, il pezzetto di me che avrei scoperto; viaggiavo negli occhi della gente, nei panorami altrui, nelle valli e sulle montagne delle altrui vite, e a chi ne voleva lasciavo un po' di me, come briciole di pane e sassolini bianchi per non perdersi, per ritrovarsi, un giorno, da qualche parte, in qualche modo. Era questo che mi permetteva di vivere allora al Cairo così come a Berlino, a Vienna, in Florida come in Argentina, era questo che mi permetteva di trovare il modo di sentirmi a casa, ogni volta e non solo turista di passaggio. Mi piaceva trovare dei lavoretti, non tanto per l'utile ritorno economico, quanto per indossare meglio il punto di vista degli abitanti locali, mi piaceva mangiare nelle loro case, imparare le loro ricette, usare i loro autobus, confondermi nella folla senza spiccare, giocare coi bambini e ritrovarmi ogni volta, ogni volta di più. Il sacco che mi portavo dietro era ad ogni nuovo viaggio un po' più ricco e pieno, ma non per questo più pesante, anzi! E mi sentivo addosso ben più di una vita già vissuta, ma ad ogni partenza ero di nuovo bambina, curiosa e desiderosa, pronta a sorprendermi e a spalancare gli occhi, pur consapevole che i più bei viaggi, quelli nelle persone, si fanno con gli occhi chiusi, e sentendo con ogni cellula del corpo.

Eppure in Egitto avevo trovato qualcosa di più. Nonostante le distanze apparentemente incolmabili tra il mondo europeo e quello arabo, nonostante l'Islam, nonostante fossi donna in un mondo in cui le donne "seguono a distanza", nonostante le ipocrisie e i contrasti inaccettabili, nonostante tutto, lì, di me stessa avevo trovato qualche pezzetto in più. Per questo mi trattenevo più a lungo. Mi sembrava che si stessero dissipando alcune nebbie del mio io. Forse stavo semplicemente crescendo.

Per Pablo il viaggio era un'altra cosa. Lui cercava di fuggire da se stesso, di dimenticarsi, di confondersi le idee, di mischiarsi e perdersi, e non capiva che in realtà era alla disperata ricerca del suo più profondo senso, del suo posto. Credo che pensasse di aver vissuto i panni di qualcun altro nella casa di qualcun altro e che sperasse di trovarne il proprietario per potergli dire: tornatene a casa tua e libera me da questa recita. Io ero dell'idea che dovesse assolutamente riprendere a suonare. La musica è una strada aperta che permette alle anime di entrare e uscire, di arrivare agli altri ma anche ai più profondi meandri di noi stessi. Se io avessi saputo suonare forse avrei viaggiato di meno sulle gambe e avrei percorso vie anche più profonde e tortuose".

Per un attimo vedo la mia immagine riflessa nella vetrina di un negozio di grandi firme e mi fermo: vedo me, in jeans e scarpe coi lacci, maglioncino azzurro, capelli lunghi legati ma spettinati, e Shirley, in rosa, che mi tiene il braccio. Siamo completamente dissociate dal luogo in cui siamo. Sono certa che potremmo giurare di aver visto palme intorno a noi anziché manichini e scaffali. Sono felice che il ritardo del volo mi stia permettendo questo, ma finalmente sento un'urgente voglia di partire.

Non ci allontaniamo molto, io e Shirley, passeggiando. Andiamo avanti e indietro nello stesso pezzo di "corridoio", arriviamo fino al pannello delle partenze, controlliamo un attimo e torniamo indietro. Non si muove niente. Sono partite decine e decine di aerei da che siamo in attesa, ma del nostro non c'è notizia. Il signor Antonio ascolta le lamentele dei nostri numerosi compagni di viaggio, alcune delle quali in arabo, ma non si lascia prendere dall'impazienza. Ci tiene d'occhio. Ogni tanto lui e la moglie si salutano con un cenno della mano e noi continuiamo col riassunto delle puntate precedenti. Una vecchia serie, potremmo dire.

"Invece di tornare al villaggio al tramonto, una sera decidemmo di pernottare nel deserto, presso Bir Uahed, uno specchio azzurro circondato da canne verdi. Tra le cose meravigliose del deserto non ce n'è una più bella della notte: te ne stai stesa sulla schiena e ti lasci travolgere dalla cascata di stelle. Sembra che sia il cielo stesso a schiacciarti a terra inondandoti di brillanti. Non c'è rumore, non c'è odore, solo tu, il tuo respiro, il battito del tuo cuore, la pace.

Altre volte avevo passato la notte nel deserto, ma questa volta era diverso: c'era Pablo. Infatti fu proprio quella notte, nel momento in cui l'immensità del cielo stellato prese il posto del Grande Mare, appena il sole si spense oltre l'orizzonte, che mi ritrovai spogliata di ogni nascondiglio, di ogni impalcatura della ragione e realizzai di essere solo, semplicemente, perdutamente innamorata di lui.

Non bisogna necessariamente conoscersi molto per innamorarsi, anzi, forse mai come quando ci si innamora si ha voglia di accettare tutto dell'altro senza dover capire quali sono gli elementi che gli danno quel sapore così speciale, quel valore così unico ai nostri occhi. L'amore non si capisce, non si spiega. L'amore si subisce, si accetta, ci si inchina al suo cospetto come un giunco sovrastato dalla fiumara in corsa, senza che la ragione riesca a resistergli. È per quello che, da che mondo è mondo, non ci si innamora solo di gente perfetta, bella, onesta e benestante; l'amore capita. Dove capita, capita. Come la pioggia. Come un fuoco che divampa. Semplicemente, accade. E basta.

Lì sotto il manto stellato che mi schiacciava benevolmente a terra con tutti i miei neuroni umiliati dal cuore che trionfava, dovevo prendere atto che ciò che provavo aveva un solo nome: Amore.

Razionalmente avrei scelto di innamorarmi di Mido. Era un bel ragazzo, dai modi gentili, di buona famiglia, laureato in legge, simpatico, spigliato, col senso dell'umorismo... erba secca, insomma. Ma niente scintilla. Niente fuoco.

Come il giunco mi chinai sotto l'impeto della fiumara e non osai cercar di resistere. Che motivo avrei avuto di resistere alla felicità che mi scorreva nelle vene? E oltretutto, che strumenti per riuscire in un'impresa che è sempre risultata vana a chiunque?

Ma chi si abbandona all'amore sa che l'altra faccia di quella felicità può essere il dolore più cupo e tagliente. Le cose preziose hanno un prezzo molto alto. Non intravedevo lo sviluppo che avrebbe potuto avere l'abbandonarsi a quel sentimento, ma di una cosa ero certa: stavo incontrando una parte di me stessa che non avevo mai conosciuto, non mi ero mai sentita così, e se si viaggia incontro a se stessi, ogni sentimento, ogni grande emozione va presa come un dono. Nel bene e nel male. Il dolore sarebbe arrivato, qualcosa me lo diceva, ma in quei momenti il presente era troppo ingombrante perché potessi preoccuparmi del futuro. Un presente infinitamente dilatato, di notte, nel deserto, stesi a faccia in su a ubriacarsi di stelle fitte come gocce di pioggia lucente, due mani che si sfiorano e si stringono e in quel gesto, tutto a un tratto, si racchiude l'universo. Il mio cuore iniziò a battere così forte che pensai che fosse udibile da tutti. Sapevo che i bagliori del fuoco acceso dai ragazzi potevano confondersi col rossore che sentivo sul viso. Non ebbi il coraggio di guardare, anzi, chiusi gli occhi per diventare interamente mano, per sentire al massimo l'universo tra le mie dita, tra le sue, come se parlassero, come se rivelassero segreti inesprimibili. Credo che una lacrima, in quel momento, sia fuggita dai miei occhi chiusi, per impedire al cuore di scoppiare. Forse ci addormentammo così, non ricordo la transizione dal sogno vigile a quello onirico. È che coincidevano, erano diventati una cosa sola, così come la mia mano e quella di Pablo. Tuttavia quando il sole rosso dell'alba mi svegliò, la sua mano non stringeva più la mia, ma sfiorava leggerissima i miei capelli, scendendo poi sul viso. Pablo mi guardava dormire, sembrava che mi aspettasse senza fretta. I suoi occhi d'argento facevano concorrenza al sole appena sorto. Non dissi niente. Non avrei saputo dove trovare le parole. Una gran nebbia di sensazioni e sentimenti offuscava la ragione.

Eppure anche quella giornata cominciò ed ebbe il suo consueto corso. Tutto rimase dentro. Fuori non era cambiato niente.

Prima che il sole fosse alto tornammo al villaggio".

Shirley sospira forte. Anch'io. Ricordi vivi. Che gran lavoro tenerli a bada tutti questi anni per poi riscoprirli così vivi e pulsanti!

"Ecco il giorno e la notte!" – disse Abdallah vedendoci arrivare. Mi fece sorridere. Mi sentivo ubriaca, temevo di sbandare. Prendemmo posto al ristorante di Abdu, in mezzo alle altre persone. C'era il mio amico Amir, quel giorno a

Siwa, di passaggio, una sosta lungo uno dei suoi consueti ma sempre straordinari viaggi nel Sahara.

Lui era lo spirito del deserto, fatto uomo. Un uomo esile, non troppo alto, umile. Niente a che vedere con la maestosità e l'immensa potenza del Grande Mare, a vederlo, ma il suo cuore era così: immenso. In mezzo a un gruppo di persone, non lo si sarebbe notato. Eppure, se alzava lo sguardo, in quel viso magro, poco sopra quel sorriso malinconico, si apriva una breccia sulle immensità celate, un varco alle profondità, lo spirito del deserto. Uno spirito fatto uomo. Ma non uno spiritello come i jiin della tradizione, no, un'anima, una grande anima buona, forte e gentile, in perfetta sintonia e armonia con la natura aspra, grandiosa e terrificante del Sahara.

Si chiamava Amir, che vuol dire principe, e mi piaceva pensare che potesse essere lui il mio amato Piccolo Principe ormai cresciuto. Magari era tornato giù dal suo asteroide… e questo consolava la mia angoscia per la terribile scomparsa avvenuta con la gelida complicità del serpente. Magari era volato su davvero, dalla sua rosa, e da grande era tornato sulla terra, fermandosi nel Sahara, dove si sentiva a suo agio, dove sembrava conoscere ogni pozzo nascosto, ogni fonte di vita, benché "invisibile agli occhi".

Ogni volta che partiva per i suoi "safari" i suoi occhi azzurri brillavano come se qualcuno li avesse accesi, come quelli di un bambino che va alle giostre, come un innamorato che va incontro all'innamorata… e io sognavo di poter dire, un giorno, di rappresentare per un uomo ciò che il deserto rappresentava per Amir; di essere guardata con lo stesso ardore, con la stessa gioia che leggevo negli occhi di Amir quando si avviava verso l'abbraccio del suo deserto. Il mio risveglio, quella mattina, ci aveva somigliato parecchio.

Volevo molto bene ad Amir e lui a me. Mi diceva che avevo un cuore puro e trasparente, come il nome che portavo, "Maya, sei come l'acqua di sorgente" – diceva, ed era sicuro che fossi in grado di comprendere e condividere la sua simbiosi con il Grande Mare. A me sembrava un complimento bellissimo, che non pensavo di meritare. Lui insisteva come se ne sapesse molto più di me; non sapeva spiegarlo, ma era convinto che fosse così, che le nostre anime comunicassero grazie al deserto indipendentemente dalle parole e dalle intenzioni. E a me piaceva crederci. Mi serviva soprattutto quando tornavo alla routine caotica della città, quando il silenzio diventava impossibile anche da immaginare, quando l'acqua scura e limacciosa del Nilo si imponeva su quei ricordi di purezza e trasparenza, con tutto il rispetto per il divino fiume! Così mi illudevo di portarmelo sempre dentro un po' di deserto, e se associavo il mio nome all'acqua mi sforzavo di pensare a quella dell'oasi piuttosto che a quella che scorreva lenta, quasi densa, sotto i maestosi ponti del Cairo.

Amir guardò Pablo Karim e gli disse di stare attento a non farmi del male. Pablo rispose col suo sorrisino indecifrabile e io, in imbarazzo, mi trovai a chiedere: "Perché dovrebbe?", ma avrei preferito che fosse lui a replicare, invece di limitarsi a sorridere. Forse non poteva mentire all'anima grande di Amir dicendo che non mi avrebbe fatto soffrire. Forse sapeva già che lo avrebbe fatto. Dopo una lunga pausa, invece, Pablo appoggiò le braccia sul tavolo, si protese verso di me e disse: "Maya, sai che sei, tu?".

Non afferrai il senso della domanda, forse il suo uso dell'italiano in quel momento era improprio.

"Che sono? O chi sono?" – "Che. Cosa." – Allora intendeva proprio CHE. "Che cosa sono… una vagabonda, un granello della sabbia del mondo, assetata di vita".

"Conosci Zerzura? Tu sei Zerzura".

"Zerzura? È un complimento? Cos'è?".

"Amir, spiegaglielo tu!" e lui si alzò e se ne andò, così, lasciandoci tutti al tavolo di Abdu, senza spiegazioni.

"Zerzura è la città bianca, bianca come una colomba, bianca come la tua pelle, Maya... una leggendaria città in un'oasi del deserto libico. È stata cercata nei secoli da esploratori, archeologi e sognatori di tutto il mondo, ma nessuno l'ha mai trovata. Il sogno di centinaia di uomini. Fu menzionata in un manoscritto del XV secolo intitolato "Il libro delle perle nascoste". L'oasi dei piccoli uccelli bianchi e neri da cui prende il nome. Zerzura... quante spedizioni hanno setacciato il deserto alla ricerca dei resti di questa città... ma il deserto nasconde le sue perle preziose, o le rivela a pochi, pochissimi, che di solito non tornano a raccontarle".

Zerzura... un'utopia?

Una dichiarazione d'amore... Che altro? La più fantastica dichiarazione d'amore. Indiretta, ermetica, enigmatica, ma da brivido.

Avevano sentito tutti che Pablo aveva definito me in quel modo? Amir lo aveva sentito, e mi guardava con la faccia di chi la sa lunga. Ero paralizzata per l'imbarazzo e spinsi il mio sguardo oltre Shali, verso il Grande Mare, per non leggere negli occhi altrui commenti a quella che per me era un'eccitante nuova e sperata verità. Mi ripetevo dentro le parole di Amir e in quel momento Adbu ci servì il riso alla khalta.

Ricomparve Pablo e si sedette davanti al suo piatto fumante profumato di spezie. Ma ero già tornata da quel breve sogno: Zerzura non esiste. E se è esistita, è scomparsa inghiottita dalle sabbie. "Grazie!".

Quella che mi era apparsa come una dichiarazione d'amore bruciava adesso come un'offesa, un paragone di cattivo gusto.

"Prego!" – rispose. Scorsi dell'ironia nel suo volto e mi parve di vederlo scuotere impercettibilmente la testa. Non gli rivolsi più la parola quella sera, anzi, finito di mangiare presi il mio tè e andai a sedermi al tavolo di Amir. La storia di Zerzura era comunque affascinante e volevo saperne di più. "Amir, confessa: tu la cerchi ancora! È Zerzura che ti spinge a osare sempre di più nei tuoi viaggi nel deserto. O l'hai trovata? Tu sai dov'è, non è vero? E te la tieni chiusa dentro come un segreto! È questo il segreto che ti fa brillare gli occhi come stelle!".

Amir rise, negando. Sapevo che anche se avessi avuto ragione non lo avrebbe rivelato mai.

"Mi ci porti? Ti prego, mi ci porti?" – "Zerzura esiste per essere cercata. Ognuno cerca la sua. Per sempre".

Questa risposta ingarbugliava la metafora fatta da Pablo poco prima: "Tu sei Zerzura"... ma ero urtata, non aggiunsi un'altra parola all'argomento. Quella notte sognai la bianca città rifulgente di luce, le sue fontane zampillanti, l'oro dei suoi fregi, i decori sulle case, la musica soave, l'aria profumata di gelsomini, vassoi di datteri succosi e... un pianoforte a coda! Amir non ne aveva parlato, figuriamoci... che c'entrava? Il mio cervello però decise di collocarlo lì, bianco, lucido, e dita scure di sole danzavano sui tasti di ebano e avorio come carezze.

A colazione non raccontai il mio sogno, ma dissi a Pablo che desideravo sentirlo suonare. Rispose che non suonava da anni. Dissi che suo nonno non aspettava altro, che gli avrebbe fatto un regalo stupendo, che avrebbe chiuso gli occhi e risentito vivere la sua adorata moglie... un gesto meraviglioso, sì.

"Vedremo" – rispose.

Quel giorno avevamo programmato un'uscita nel Grande Mare, io e i ragazzi. Mido e Ossama sarebbero ripartiti il giorno dopo: volevano accomiatarsi dal deserto.

Anche i miei giorni di vacanza stavano per finire. Avevo già rimandato il rientro al Cairo chiedendo alla mia amica Nura di sostituirmi all'Università. Non le detti molte spiegazioni, ma lei mi conosceva molto bene e le bastò il tono della mia voce al telefono per capire che c'era qualcosa di più del deserto a tenermi a Siwa. "Resta ancora, Maya, e cerca di fare un bel carico di cose belle, ti serviranno sempre. Ma se ci riesci, semina qualcosa che possa germogliare e crescere col tempo". – "Ho piantato una piccola palma nel giardino di Abdallah!" – dissi. "Ecco, non intendevo questo, ma lo so che hai capito...".

Parlo e penso, penso e ricordo i minimi dettagli. Non sono sicura del fatto che escano tutti dalla mia bocca, mi sa che molti restano imbrigliati tra i miei gesti e le mie espressioni nella diga che trattiene il fiume di parole in piena. La povera Shirley ne sarebbe travolta, e già così mi sembra di ubriacarla di emozioni mie. Ma è ora che viene il bello!

"E vuol sapere, Shirley? Come stavo dicendo, io e i ragazzi ci eravamo diretti nel deserto per un commiato di Ossama e Mido alle onde dorate del Grande Mare. Avevamo scorrazzato su e giù per le dune come bambini: Ossama al volante era sempre più bravo e a bordo eravamo meno tesi dei primi giorni. Poi avevamo portato una specie di surf, una tavola di legno sottile, un po' sagomata, su cui stendersi a pancia in giù e lasciarsi scivolare per i ripidi crinali come si fa sulla neve. Si prendeva velocità, a volte la tavola impuntava e noi proseguivamo ridendo e ruzzolando per la discesa, arenandoci poi in quella sabbia quasi liquida. Indossavo una maglietta rossa e i ragazzi mi prendevano in giro chiamandomi "Cappuccetto rosso" benché non avessi cappucci. Ne sorridevo con loro, c'erano molte affinità tra me e la spensierata e ingenua bambina, che a pensarci bene era anche un po' ribelle. Pablo aveva al collo la solita kefya bianca e nera che aveva quando lo conobbi. All'occorrenza l'arrotolava intorno alla testa come facevano i siwani. Quando gli avevo parlato della mia amica Nura e di quanto fosse importante per me lui mi aveva raccontato che il suo migliore amico era colui che gli aveva donato quella kefya: Motaz, un ragazzo palestinese che aveva vissuto esperienze molto crude nel suo paese e che gli aveva insegnato molto. Avevano in comune molte cose, soprattutto dolorose (a mio avviso quelle di Motaz ben più oggettive) e Pablo aveva nostalgia di lui, delle loro scorribande e delle nottate passate a parlare davanti a un fuoco acceso sulla spiaggia, in Grecia.

Il tempo passava senza che ce ne rendessimo conto. Avevamo caldo. Beh, normale dopo tanto movimento. In realtà no, non era normale: la temperatura stava aumentando, velocemente, e il cielo cominciava a velarsi. Il suo colore somigliava sempre più a quello della sabbia. Ci pervase una certa inquietudine.

Ossama si fece serio e teso e ci fece segno di risalire immediatamente nella jeep. "Khamasin!" – disse con voce quasi strozzata. Nessuno disse niente, la jeep ripartì alla massima velocità per la via del ritorno.

Il vento di Khamasin, così chiamato perché può durare anche per cinquanta giorni, è quello che porta le più terribili tempeste di sabbia. Mi era capitato di subirlo al Cairo, avevo dovuto raccogliere secchiate di sabbia dai balconi e dai pavimenti di casa (vista la tenuta degli infissi!), ma bastava rintanarsi bene, evitare di uscire, e rimaneva un fastidioso invadente ospite, non certo pericoloso.

Nel deserto era diverso. Nel deserto la sua forza poteva diventare disastrosa. Chissà, se nel 524 a.C. era riuscito a seppellire ben cinquantamila persiani dell'esercito di Cambise, un Khamasin poteva essere stato responsabile anche della scomparsa di Zerzura, e di sicuro di molti esploratori in cerca di lei. E mentre pensavo a queste catastrofi ero in una jeep che balzellava come impazzita nel Sahara in fuga dalla tempesta! Potevo concedermi il panico? Eppure c'era Pablo lì accanto a me. Certo, bella consolazione... saremmo potuti scomparire insieme nelle sabbie. Davvero romantico!

Il cielo si faceva sempre più scuro, di un buio innaturale, rossastro, tetro... la notte di giorno. La linea dell'orizzonte si dissolveva e la sabbia si sollevava riempiendo l'aria. A livello di superficie formava come dei guizzi, delle lingue, delle fiamme... fosse stato mare sarebbero state creste spumeggianti di onde. Ma era sabbia. Asciutta. Solida. Densa e vorticosa. Aveva sostituito il cielo e l'aria. La jeep pareva volare e ogni duna superata era una conquista guadagnata a suon di botte e scossoni. Sbattevamo ovunque pur cercando di assecondare i movimenti scomposti dell'auto. La discesa dei crinali era pericolosissima e ho temuto più volte il ribaltamento del mezzo, che normalmente si verificava con facilità anche in condizioni ottimali. Fortunatamente non ci ribaltammo, ma il bravissimo Ossama non poté evitare un insabbiamento delle ruote. Un attimo di sconforto, accompagnato da imprecazioni a denti stretti e poi, c'era poco da fare, e c'era da farlo in fretta. Ci avvolgemmo ben bene nei lunghi teli di cotone e scendemmo per dissabbiare le ruote. Il vento era forte e fastidioso, la sabbia ci frustava e la furia in movimento penetrava nei vestiti e nei teli rendendo vana la protezione e quasi impossibile la liberazione delle ruote. Ossama sgassava ma le ruote giravano a vuoto e altra sabbia si sollevava intorno a noi. Non c'era tempo per avere paura, l'urgenza era un'altra, ma i minuti passavano ed eravamo sempre più bloccati. A un certo punto una combinazione di spinta, vento, colpo di acceleratore fece sì che la macchina si accasciasse sul fianco! Andò già bene che nessuno ci rimase sotto, però la situazione era ancora più complicata e la tempesta aumentava d'intensità. Dal villaggio qualcuno si sarebbe mosso in cerca di noi? Sapevano dove eravamo diretti? Era troppo pericoloso avventurarsi per cercarci? Ossignore... cominciavamo a essere davvero preoccupati e impauriti. Se non fosse stato per il fastidio terribile della sabbia negli occhi, nel naso, tra i denti, nella gola, lo sconforto sarebbe stato classicamente dipinto sui volti, ma eravamo troppo impegnati a cercare di respirare! A un certo punto un violento schiaffo di vento spogliò Pablo della sua kefya sollevandola in un mulinello. Istintivamente mi mossi per cercare di prenderla, mentre mi coprivo la faccia col mio telo e riuscivo a malapena ad aprire gli occhi. Pablo mi gridò di lasciar stare e di tornare subito vicino a loro, che si stavano chiudendo a capannello cercando di farsi scudo con la jeep. Ma io, l'ebete innamorata e incosciente, non volevo che la kefya andasse perduta, dato che ne conoscevo il valore affettivo, e mi spinsi avanti, e poi di qua, e poi di là, sempre a un passo dall'afferrarla, sempre a mani vuote. Sentivo Pablo che con voce già rauca per la sabbia mi chiamava, ma non staccavo gli occhi da quel panno bianco e nero che si prendeva gioco di me volando in alto e tornando giù con raffiche di sabbia. Si respirava malissimo e avanzavo a malapena. Eppure ebbi la meglio! In un attimo brevissimo di sospensione fui più rapida del vento e l'afferrai! Istintivamente mi portai l'ambito tessuto davanti al naso, per non respirare altra sabbia, e sentii come una carezza il profumo di Pablo che per qualche secondo mi premiò per l'impresa fatta. Poi mi voltai per gridare vittoria, ma non vidi più niente. Niente! Sabbia come muri, davanti, dietro e tutto intorno a me! Come era possibile? Non mi ero allontanata tanto, non potevano essere spariti, i ragazzi e la jeep! Sconforto. Terrore. Non mi orientavo più, non respiravo, non vedevo, sentivo solo il vento sibilare. Stringevo la kefya di Pablo e il mio telo intorno al viso. Era la mia fine? Mi era capitato di confidare, un giorno, a un amico, che desideravo che le mie ceneri fossero sparse nel deserto... era forse quello un modo più sbrigativo per interpretare ed esaudire il mio desiderio? Sarei rimasta sepolta in quelle sabbie come Zerzura e i suoi tesori? Il mio pensiero andò ai miei genitori, a come avrebbero sofferto se mi avessero immaginato lì, in quel momento, prigioniera del deserto che tanto amavo. E i ragazzi? Sgomento. Terrore, rabbia, incredulità, e fastidio fisico per questa difficoltà di respirare, quest'arsura, queste frustate roventi, l'impossibilità di usare la voce... Mi accovacciai abbracciando le mie gambe piegate, il viso nascosto tra le ginocchia, e pregai. Quante volte avevo sentito Dio tanto vicino a me nel deserto... quante volte avevo pregato profondamente, innamorata di quella sabbia e di quell'immensità... ero sicura che Lui fosse lì ad ascoltarmi, e se non era destino che tornassi a casa sana e salva coi ragazzi, mi avrebbe accolto lì, tra le sue braccia, e in ogni caso non ero sola, non mi sentivo più sola e la paura fece posto alla fiducia. Non so quanto tempo passai in quella posizione, appallottolata, immobile, immersa nella kefya di Pablo, ma quando sentii pronunciare il mio nome provai la sensazione più mistica e commovente mai provata fino allora nella vita. "Maya, grazie a Dio!". Sollevai la testa e Pablo, con impeto, mi prese per le mani e mi aiutò ad alzarmi. Avevo i muscoli doloranti. Lui mi abbracciò forte, ma così forte che pensai di essergli finita dentro, tra le costole e il cuore, tra i respiri e i battiti. Farfugliava fiumi di parole con una voce appena riconoscibile per via della sabbia in gola. Io non riuscivo a proferire verbo e mi sentii proprio come se fosse stato Dio, ascoltate le mie preghiere, a mandarmi il suo angelo a salvarmi. In realtà eravamo ancora in mezzo alla tempesta, nel deserto, senza una prospettiva rassicurante, ma eravamo vivi ed eravamo insieme. Impressionantemente insieme, nella morsa di un abbraccio commosso che non accennava ad allentarsi e che riassumeva voci e sentimenti trattenuti fino ad allora, chissà, dalla paura di cedere, dalla prudenza, dall'inconsapevolezza. Pablo era sconvolto, sembrava trasfigurato, sembrava che tutto a un tratto avesse capito, e parlava senza sosta, mischiando le varie lingue che conosceva. Disse il mio nome decine di volte, quasi come se volesse invocare l'acqua, che spegnesse quell'arsura, che lavasse via la sabbia che ci ricopriva. Ma nonostante il mio nome, non ero in grado di aiutarlo: avevo bisogno d'acqua almeno quanto lui. Parlava in arabo e in spagnolo, e in italiano diceva di aver avuto tanta paura di perdermi, tanta paura... nominò "Cappuccetto rosso" e capii che il rosso della mia maglietta lo aveva aiutato a scorgermi in mezzo al niente. Non so dire se passarono secondi, minuti o cosa, ma comparvero anche i ragazzi. Sani e salvi, sotto maschere di sabbia e teli che li avvolgevano completamente. Rimanendo uniti e compatti tornammo alla jeep. Non dovevo essermi allontanata molto, ma non era possibile vedere a più di cinque metri. Ci accoccolammo tutti e quattro per terra dietro alla macchina. Ossama mi porse la borraccia e bere quel sorso d'acqua fu un altro momento molto spirituale di gratitudine e lode a Dio. Ossama disse: "Vedrete che ci troveranno" e io ci credetti. Mi sembrava di essere già in salvo, anche se non lo eravamo affatto. Mi accorsi di aver perso entrambe le scarpe. Inghiottite dalla sabbia! Pazienza... avevo la kefya! La mostrai a Pablo, cercando di sorridere, fiera. Lui era talmente sconvolto che lasciò parlare il viso e io capii che ero stata una folle a inseguire quel pezzo di stoffa, che per quanto valore potesse avere, non valeva una vita. Ora il suo valore era aumentato. Pablo la prese e me l'avvolse in testa e intorno al collo, sollevandomela a coprire la bocca e il naso. Mi teneva un braccio intorno alle spalle, le mie gambe scavalcavano le sue e poggiavo il viso sul suo petto; la sua guancia sulla mia testa; con l'altra mano mi accarezzava, quasi nervosamente. Quell'improvvisa confidenza dettata dall'evento straordinario e dalla paura di perdere la vita mi sembrò tuttavia la cosa più naturale e ovvia del mondo, come se io e lui non potessimo stare in altro modo se non abbracciati, quasi a fonderci, a diventare un tutt'uno. Le nostre anime lo facevano da un pezzo. Ci avevamo solo aggiunto i corpi. Avevo l'impressione che la tempesta avesse perso d'intensità, ma non ero in grado di capire se la mia percezione fosse influenzata dall'emozione e dall'amore che tutto lenisce, tutto sopporta, tutto trasforma... Forse era realmente così, perché scorgemmo due auto che si avvicinavano a noi e le vedemmo a una certa distanza, con gioia indescrivibile! Erano Amir, Abdallah, suo cugino Ahmed e Alloush. Per me fu come vedere i quattro Arcangeli scesi a salvarci e la gioia fu pazzesca, incredibile. A quel punto non ce la feci più e, sciolta la tensione, piansi. Sentivo le lacrime calde che scendevano facendosi strada nella sabbia che ricopriva la mia pelle... pensai alle sorgenti, al bagno di Cleopatra in cui mi sarei tuffata volentieri per togliermi di dosso fino all'ultimo impercettibile granello di sabbia. Lasciammo lì la jeep e salimmo coi nostri salvatori. Io e Pablo con Amir e Alloush, gli altri con Abdallah. Avrebbero rimesso "in piedi" la jeep di Ossama solo una volta calato il vento e se ne sarebbero occupati gli amici siwani, dato che lui doveva proprio rientrare. Non sarebbe stato facile nemmeno riprendersi da quella esperienza terribile. La tempesta colpiva anche il villaggio, ovviamente, ma ci si difendeva meglio. La moglie di Abdallah si prese cura di me, dato che mi girava la testa, mi fischiavano le orecchie, mi bruciavano terribilmente la gola e gli occhi. Anche i ragazzi accusavano questi malesseri, ma Pablo, non appena fui nelle mani di Samira, scappò via e solo più tardi capii dove si era diretto".

Shirley mi ha ascoltato col fiato sospeso, finalmente tira un profondo sospiro tenendo le mani sul viso e si rilassa. Mi chiede di tornare a sederci come se la tensione l'avesse stancata.

"Ma che esperienza terrificante hai vissuto! Eppure il tuo amore per il deserto non si è incrinato, la paura non è riuscita a impedirti di tornare tra le dune... ti ammiro, sai? Ma mi hai fatto venire i brividi, non so se sia il caso, per me, di fare l'escursione tra le dune!".

"Io pure, quel giorno, mi sentivo come miracolata. Ma mi creda, Shirley, passata la paura di morire nelle sabbie impazzite, il miracolo che mi sentivo più addosso era l'abbraccio di Pablo, la sua premura, il suo calore, la sua dolcezza che mi rimetteva al mondo, il suo affetto che mi ridava il respiro. Me lo lasci dire, mi sentivo addosso una struggente e avvolgente, calda coperta d'amore. Sì, ero stordita dalla tempesta, ma più ancora dall'innegabile sentimento che Pablo aveva espresso, rendendo reale quella che per me fino a quel momento era stata una speranza, una timida impressione. A quel punto desideravo solo stare con lui, vivere quella magia, dirgli che lo amavo e che non volevo lasciarlo più. L'ho benedetta quella tempesta: è il vento impazzito che ci ha spinto uno verso l'altra come due stelle che dopo aver vagato per l'universo finalmente si trovano e diventano una sola, che brilla di più. Volevo cambiarmi in fretta, ma Samira aveva per me un bagno caldo e profumato, unguenti speziati, una galabeya fresca e pulita, dei sandali e un provvidenziale tè verde che scendeva in gola come un balsamo mentre granelli infinitesimali stridevano ancora tra i miei denti insieme ai datteri squisiti.

A un certo punto sia io che lei ci fermammo colpite da qualcosa di strano. Tendemmo l'orecchio, ci affacciammo sulla porta: tra le folate lamentose del vento sembrava di distinguere una musica lontana. Non si percepiva uniformemente, le palme cantavano forte, scosse dalla tempesta e sovrastavano quel suono dolce e articolato. Mio Dio! Era un pianoforte! Era Pablo! Poteva essere solo lui, dal pianoforte a coda a casa di suo nonno... e il vento sollevava vorticosamente le sue note vibranti che si rincorrevano come farfalle rimaste chiuse troppo a lungo. Un brivido mi percorse la schiena: Pablo era corso dal nonno a riabbracciare la vita, a farla sua, a riportare in vita il ricordo della nonna, la sua musica, a fare pace con le sue tempeste interiori!

Samira chiuse gli occhi come per riuscire a sentire meglio, e sorrise catturata. Nonostante il vento, cominciarono a uscire per strada persone incuriosite e perplesse. Molti di loro ricordavano perfettamente le sonate della nonna di Pablo che riecheggiavano nel villaggio tra le voci degli asini e degli uccelli. E non si capacitavano di questa musica soave che tornava a farsi sentire, dopo che la morte di lei aveva spento quel piano. Fu un momento meraviglioso, emozionante per tutti e struggente per me, già scossa per le altre sorprese di quel giorno fatato. Con Samira non potevo fare conversazione per via della lingua, ma la guardai e le dissi con gli occhi tutto ciò che dovevo. Lei rispose con un sorriso comprensivo e mi fece cenno di andare. Sapevo bene la direzione per la casa del nonno, alla fine del palmeto, e avvolta nel bellissimo telo nero ricamato con motivi arancioni, mi avviai a grandi passi come se quella musica stesse chiamando me.

Più mi avvicinavo, meglio percepivo quella musica soave e mi sentivo attratta come un marinaio dalla voce delle sirene. Arrivai quasi trafelata di fronte alla casa di nonno Karim e lì mi fermai: non volevo rischiare di turbare il momento. C'erano due mani scure che danzavano agili sui tasti bianchi e neri di un pianoforte ridando voce a uno strumento muto da molto tempo. C'erano fiumi di emozioni trattenute, di rabbia, amore, sangue e legami che scorrevano sul pentagramma ondeggiando nell'aria e rompendo muri di orgoglio, incomprensioni, dolori, mancanze... C'era un ragazzo che si apriva e si lanciava nella propria vita regalando all'anziano nonno l'anello di congiunzione tra un passato pesante fatto di sacrifici e un futuro ancora possibile, di comunione, di discendenza. C'era un villaggio che alzava la testa, dopo la tempesta, ormai scemata, e si avvicinava per godere di una musica commovente, liberatoria, un'oasi nell'oasi per i sensi e per le anime più sensibili. E poi c'ero io, Maya, che senza volerlo forse ero stata il catalizzatore in questa reazione, e mi trovavo lì, spettatrice inebriata e sconvolta da sentimenti nuovi, da una felicità mai incontrata fino allora".

La musica ha il potere di far riemergere emozioni e percezioni sepolte in stati della coscienza addormentate o da mondi ancestrali che non pensavamo ci appartenessero. La musica, come l'amore tra le persone, è fatta di armonie, sensazione di eternità, appartenenza all'universo, divino, sacro. Ritmo, battiti, vibrazioni... musica e amore sono composti degli stessi elementi, si allineano con gli astri, con la natura e non siamo che strumenti da cui la natura stessa trae la sua sinfonia, il suo respiro di vita, la sua musica.

"Pablo suonò a lungo, senza interrompere, ma sapeva che ero lì, mi aveva visto e ci eravamo guardati per un lungo attimo, complici, fusi insieme seppur distanti. Il nonno non si era mosso dalla sedia nell'angolo della stanza. Stava ad occhi chiusi, stringeva tra le mani la fotografia della sua compagna di una vita. Credo che l'abbia riavuta con sé, quel giorno, quasi da poterla toccare di nuovo. Della mia felicità faceva parte anche lui.

Quando le mani di Pablo si fermarono, lui era visibilmente provato e appariva come svuotato. Rimasi dov'ero. Aspettavo. Si alzò, preparò un tè, mi avvicinai. Ne porse a suo nonno e a me, che lo presi volentieri. Il nonno diceva: "Shoukran" e lo benediceva... ringraziava e benediceva, ed ebbe una parola buona anche per me. Poi Pablo disse che voleva andare a buttarsi in acqua in una sorgente poco lontana; aveva ancora la sabbia addosso e dopo aver spolverato il cuore era giusto che si occupasse della pelle. Andai con lui. Appena fuori dalla vista degli abitanti, mi prese per mano e io mi sentii unica al mondo, preziosa, speciale, scelta. Camminammo così. Le nostre mani cominciavano a conoscersi bene e si parlavano senza parole. Alla sorgente Pablo si spogliò e si tuffò in acqua. Io mi sedetti poggiando la schiena al tronco di una palma possente. Stavo bene. Stavo benissimo. Lui uscì dall'acqua e realizzai che non aveva teli con cui asciugarsi; ma non ne cercò, mi prese per le mani, mi tirò su e mi abbracciò bagnando completamente anche me! Ebbi un brivido e scoppiai a ridere, socchiudendo gli occhi e buttando la testa all'indietro, ha presente, quando si ride... e lui... baciò la mia risata, e poi gli occhi, la fronte, le guance, il collo, per poi tornare alle labbra...".

Esiste un preciso momento in cui si squarcia un velo, si scioglie un nodo, si attraversa una soglia, e niente è più come prima: spesso è un bacio. Il primo, la chiave per entrare in una nuova dimensione, che poi, in fondo, è un trovarsi dopo essersi a lungo cercati, immaginati, seguiti, aspettati; è un accogliersi, dopo tante incertezze, titubanze e speranze, in una stessa dimensione. Intima. All'improvviso ci si apre all'altro, lo si assapora, lo si respira, finalmente liberi di rivelarsi e confessare il desiderio di unirsi e fondersi. Un bacio sa dire ciò che è impronunciabile. È la fine di una premessa e l'inizio di una storia, che può durare pochi istanti o tutta una vita. Può esaurirsi come la fiamma di un cerino o incidere per sempre, a fuoco, un cuore. Eccomi là: marchiata a fuoco. Da quel bacio in poi.

Il bacio dopo la tempesta, in quell'autentico paradiso di acqua dolce emersa dal ventre della terra, trasparente e luccicante come gli occhi del mio amato, fu una cosa di quelle per cui vale la pena venire al mondo, qualunque sia il resto della vita. Eppure era come se fossimo insieme da sempre, come se ci conoscessimo dai tempi dei tempi, come se non esistesse più un "prima". Eravamo proprio come i pezzi combacianti di un incastro perfetto. Le sue dita tra le mie sembravano i tasti neri tra quelli bianchi del pianoforte, e ci vedevo lo stesso potenziale infinito di dar vita a melodie meravigliose.

"Desideravo ascoltarlo ancora suonare, magari per me, e lui mi sorprese dicendo che aveva in testa la mia musica, che l'avrebbe trascritta, così quei giorni sarebbero stati trasformati in note e rievocati ogni volta che avessimo voluto. Ero senza parole per la felicità e non capivo, non volevo capire che Pablo stava collocando in un tempo definito e soprattutto "finito" la nostra storia, quella che io consideravo solo il preludio della nostra eternità...".

Si vede ciò che si vuol vedere, quando ci si innamora. Si esclude il resto del mondo perché si ritiene di averlo tutto nel cuore, nella mente, tra le mani, sulle labbra e negli occhi, il mondo. Si perde la cognizione del tempo, non si ha freddo, non si ha caldo, tutto appare possibile e nessun ostacolo insormontabile.

"La tempesta di vento e sabbia si era ormai spenta; non quella dentro di me. Tornati al villaggio io e Pablo eravamo una cosa sola, non eravamo più io e lui, ma eravamo "noi". Pur non potendoci tenere per mano o scambiarci effusioni, credo che fosse evidente il legame, il costante contatto visivo, lo sguardo languido, la mente un po' offuscata. Pensavo che i più avrebbero potuto attribuire all'esperienza nella tempesta quello stordimento, ma i nostri amici sapevano, forse da prima di noi, che si trattava di altro.

Andammo al ristorante di Abdu, la gente parlottava e capimmo che l'argomento era la nostra disavventura nel deserto. Rassicurammo tutti con grandi sorrisi e offrimmo da bere, anche in vista della partenza prossima. Ma quel discorso lì non riuscivo ad affrontarlo nemmeno nella mia mente. Vivevo un presente dilatato. Cenammo. La vicina partenza condiva l'atmosfera di una certa mestizia. Ogni tanto la mano di Pablo, che era seduto accanto a me, stringeva furtivamente la mia e quello bastava perché mi sentissi al sicuro. Lui rimaneva a Siwa col nonno, i ragazzi partivano l'indomani e io avrei fatto bene a partire con loro, per non viaggiare poi da sola il giorno dopo. Avrebbe riportato lui la jeep di Ossama ad Alessandria, una volta sistemata. Ma poi ci saremmo rivisti! Per quanto ne sapevo avevamo una vita da pianificare insieme!".

Guardavo la luna ormai alta in cielo. Era tonda e bianca, da perdercisi dentro, da affondarci i pensieri.

I miei pensieri erano lui. Ciò che vedevo, che sentivo, ciò che assaporavo di buono, era lui, era il suo sapore, la sua essenza fusa alla mia, ciò che prima era fuori e che ora era dentro di me, era me. Quella luna bianca dallo sguardo magnetico era lui, e quindi ero io.

"Ti specchi, Maya?" – "No, ti guardo" – dissi a Pablo. "Ma io sono qui". Distolsi lo sguardo dalla luna e lo guardai. Gli presi la mano e me la poggiai sul cuore: "Sei qui". Lui fece lo stesso con la mia mano e ancora oggi, se penso alla felicità più pura, mi viene in mente quel momento. Uno di quei momenti in cui hai l'idea che l'intero universo abbia complottato e tessuto le sue trame, come trine, solo per far arrivare due persone a provare e comprendere il senso profondo della vita. Ecco fatto. Noi avevamo compiuto la missione: ci eravamo trovati, riconosciuti, accolti, completati. E poi? Poi c'era il resto della vita".

Shirley è stanca. Lo sono anch'io. Emotivamente, ma anche fisicamente. Sono uscita di casa alle 7 e alle 8 siamo partiti da San Gaetano. A mezzogiorno circa eravamo a Fiumicino, in teoria il mio volo era alle 14,30. Di ora in ora l'orario di partenza è stato spostato, sono quasi le 17 e non se ne sa niente. Sono felice di aver rivissuto con questa donna dolcissima una sorta di ulteriore preparazione al viaggio che mi aspetta, ma il limbo in cui ci hanno confinato non è comunque rassicurante. Va bene il ritardo, va bene l'attesa, ma dateci qualche certezza! Avremmo potuto trascorrere altrove queste ore! La batteria del mio telefono si sta esaurendo e devo trovare dove ricaricarla. Continuo a mandare messaggi per aggiornare amici e parenti e se mi fermo un attimo a toccare con mano la realtà mi urto e mi innervosisco. A molti è già accaduto. C'è confusione, agitazione, non se ne può più di questi neon e di queste voci metalliche monotone che annunciano solo le partenze degli altri. Vedo Shirley assopirsi con la testa poggiata sulla spalla del marito e penso che affacciarmi all'aria aperta mi farà bene. "Ci vediamo fra un po'" – dico ad Antonio –, "Credo di averle fatto una testa così con le mie chiacchiere!".

"Figurati, le hai fatto passare il tempo. Mi sembrava molto presa dai tuoi racconti, grazie!" – "Siete molto gentili. Ci vediamo dopo, allora. Se ci fossero novità, per favore, questo è il mio numero, basterà uno squillo".

Prendo il mio zaino e mi incammino verso una delle uscite. Mi taglia la strada un ragazzo che parla spagnolo con un altro e trasalisco per un momento senza sapere più con certezza se sono i ricordi ad uscirmi dalla testa o se effettivamente il mondo ha continuato a girare anche dopo il mio "ritiro", calpestato da miliardi di persone interessanti che mi sono rifiutata di prendere in considerazione.

Mi fermo sul marciapiede, l'aria è frizzante e il viavai di gente mi distrae per un po'. Mangio qualche biscotto e una coppia cattura la mia attenzione: lui è sceso dal taxi ed è corso ad aprire lo sportello a lei, bella, elegante, sorridente. Lei ha un beauty case, lui una valigia non molto grande. Entrano in aeroporto tenendosi per mano, senza fretta. Mi chiedo se partiranno entrambi o se uno dei due ha accompagnato l'altro. Mi chiedo se siano in grado di provare, loro, come altri, l'amore che io ho provato, o se semplicemente stanno insieme con serenità e dolcezza, senza aver vissuto drammi, distacchi, ritorni. Avrò mai un compagno con cui condividere romanticamente il resto della vita? Mediocremente, forse, senza fuochi d'artificio ma nemmeno con incendi devastanti per l'anima. Non so... io ci ho provato, anche di recente. Sono uscita con Nello. Zio Michele ci teneva, dice che è un bravo ragazzo, un lavoratore. È anche molto carino, a onor del vero, e io sono stata bene a cena con lui e poi a ballare... una serata spensierata. Ci siamo anche baciati, quando mi ha riaccompagnato a casa, ma l'emozione dov'era? Non c'era. Probabilmente sono noiosa e risulto altezzosa per via del mio distacco. Qualcuno pensa che mi senta superiore perché vengo da Roma, caput mundi, e non mi abbasso a divertirmi con pescatori e contadini, ma non è così. Sono venuta via da Roma perché non mi divertivo neanche lì. Il malessere ce lo portiamo addosso ovunque, è cosa nostra. Almeno a San Gaetano posso raccontarlo al mare.

Ho bisogno d'aria, acqua, grandi spazi, solenni tramonti. A San Gaetano la spiaggia è fatta di pietre, quelle bellissime pietre tonde, in cui siamo soliti cercare disegni, lettere, forme da accarezzare. Ogni tanto me ne porto a casa una: mi sembra che conservi il mare che l'ha levigata e tornita. La sabbia è mutevole. Le pietre no. Ho bisogno di pietre che il vento non solleva, acqua limpida e cielo aperto.

Certi giorni il mare è talmente calmo e silenzioso che sembra addormentato, e aspetta, aspetta... io scendo a riva e lascio che l'acqua giri piano intorno alle mie caviglie, come un saluto; gli racconto con le mani, accovacciata giù, le novità e i miei pensieri, e lui sembra fare le fusa, come un gatto. È quando è più paziente.

Altre volte, come qualche giorno fa, è intrattabile e rumoroso. Zio Michele dice che bisogna stare attenti a non confondere le sue urla, che a volte soffre, piange, e quel fragore che tira giù sassi e morde la spiaggia non è altro che dolore, e non bisogna volergliene. L'altra sera era arrabbiatissimo e prendeva a schiaffi le barche nel porto come un pazzo violento. Quando fa così io mi allontano e lo guardo seria: lui ruggisce forte, prepotente, e mi disturba anche il sonno! Ma come si può non amarlo? Lo amo comunque. Spesso quelli che amiamo ci disturbano il sonno. Ma non dovrebbe essere così.

Lasciai Siwa insieme a Mido e Ossama, col pullman che parte dalla piazza alle 7 del mattino. La sera prima alla fine non eravamo andati a letto così tardi dato che la tensione del giorno si risentiva tutta nei muscoli indolenziti. Io e Pablo non pianificammo niente perché il tempo che potemmo stare insieme, in hotel, fu un discorso fatto solo di baci, carezze, sguardi, silenzi. Lui tornò da suo nonno ma la mattina dopo lo trovai da Abdu all'alba quando scesi per la colazione. Che inesprimibile felicità! Ci salutammo velocemente per non creare scalpori e già contavo i minuti che mancavano all'incontro seguente.

Lo scomodissimo pullman fu per me come un tappeto volante, una feluca che scivola lenta lungo il nastro lucente del Nilo tanto erano soffici e soavi i miei pensieri. Tornai al lavoro talmente gioiosa che tutti mi dicevano: "Certo che Siwa ha effetti formidabili! Bisognerebbe andarci per contratto, ogni tanto!".

Pranzai a casa di Nura, tra piante di gelsomini e ibisco sul suo terrazzo affacciato sui tetti polverosi di Zamalek e sul Nilo. Le raccontai tutta la storia e lei mi ascoltava divertita servendomi kebab e molokheya, gibna beda e miele: dice sempre che noi italiani facciamo un teatrino quando raccontiamo qualcosa e io avevo in più l'ansia di farle capire esattamente cosa intendevo. Serviva anche a me per capacitarmi del fatto che tutta quella fiaba stupenda era capitata a me.

"Hai rischiato la vita!" – mi disse, a proposito della tempesta di sabbia.

"No! L'ho trovata, la vita! Nura, io non mi sono mai sentita così viva prima d'ora!".

Pablo mi telefonò dicendo che sarebbe arrivato ad Alessandria con la jeep di Ossama, finalmente, e da lì avrebbe preso il primo minibus per Il Cairo. Io, dopo il lavoro, corsi a farmi una doccia e con un taxi raggiunsi piazza Ramses, una delle piazze più grandi e caotiche del Cairo, per aspettarlo. Arrivai alla stazione prima di lui. I minibus arrivano e partono vicino alla bellissima stazione ferroviaria. Non ci sono mai orari precisi di arrivo e di partenza, in Egitto. A dire il vero anche qui in Italia non siamo messi tanto bene! Controllo il cellulare per vedere piuttosto se tante volte Antonio e Shirley mi avessero chiamato. No. Resto un altro po' qui fuori coi miei biscotti.

Era buio in quella calda serata di maggio. Ero seduta su una panchina col mio libro in mano, come di consueto. Il pullman entrò in stazione e un impiegato, dall'ufficio interno, mi fece cenno che era quello il mezzo che aspettavo. Guardai scendere i passeggeri col cuore in gola e scorsi lui, spettinato, stanco e bellissimo. Non potevo credere che quella meraviglia amasse me, fosse lì per me. Il modo in cui mi guardò appena mi vide tra la gente ne fu una conferma:

nessuno mai mi aveva guardato in quel modo, né prima né dopo di lui. Non potevamo abbracciarci. Mi accarezzò la testa muovendo un po' la mano tra i miei capelli. Mi abbracciò il suo sorriso. Brividi lungo la schiena.

Stemmo insieme al Cairo per due magiche, romantiche e pazzesche settimane. Il Cairo per me divenne una città nuova, sconosciuta, tutta da scoprire. Niente di ciò che avevo visto fino allora sembrava più avere le stesse sembianze. Mi sentivo nuova io, e Pablo più di me: erano nuovi i sentimenti che stavamo provando e che ci sorprendevano ora dopo ora. Era ebbrezza. Come si può pensare che qualcosa del genere si possa ripetere, nella vita, con altre persone? Dicono che l'amore è sempre nuovo, come siamo nuovi noi ogni volta che ci innamoriamo, ma a me non è più successo.

"Allora, dove mi porti? Qui sei tu la mia guida, giusto?".

"Ti porto ovunque tu voglia andare, ma non vuoi riposarti un po', prima? Hai viaggiato tutto il giorno…".

"Va bene, posso darmi una rinfrescata a casa tua o vado direttamente in albergo?".

"In albergo? Pensavo che dormissi da me! Abbiamo una stanza libera, avresti i tuoi spazi…".

"Ma il bawab (portiere) farà storie… e le tue coinquiline?".

"Col bawab ci inventeremo una storia, una parentela. Le coinquiline sono discrete e quasi sempre assenti, non preoccuparti. A meno che tu non preferisca l'albergo, per qualche ragione… Troppa intimità troppo velocemente?" – "Maya, io sono venuto per stare con te. Confesso che non ho la più pallida idea di dove possa portarmi questa sensazione inebriante, questo desiderio di starti accanto, sentire il tuo profumo, toccarti, viverti… Con Eleni non era così. Mai con nessuno mi sono sentito così. Ho quasi paura, c'è qualcosa che mi sfugge, non conosco questa parte di me e mi sento, per quanto invincibile in certi momenti, terribilmente vulnerabile, in altri".

Vibravo a sentire la sua voce pronunciare certe parole. Avrei voluto dirgli che forse si stava innamorando, ma era necessario che arrivasse a capirlo e ad ammetterlo da solo.

Andammo a casa mia. Come farlo entrare in un appartamento di donne senza dare troppo nell'occhio? Il bawab, che sembrava abitare esattamente sulla panca del sottoscala e non avere una vita se non quella di spettatore attento, era abituato all'andirivieni di amici chiaramente non egiziani, dopotutto eravamo tre ragazze europee nel mio appartamento e ce n'erano altre al terzo piano, ma era comunque imbarazzante (e c'era forse un po' di coda di paglia) far entrare qualcuno che rimaneva a dormire. Pablo poteva sembrare egiziano, in parte lo era, dopotutto, ma dovevamo farlo passare per spagnolo. Niente Karim, solo Pablo. Ricercatore all'Università di Alessandria, al Cairo per un paio di settimane. Sì, era credibile. Facemmo così, lo presentai al bawab, che sentendo parlare di Spagna cominciò ad elencare i calciatori del Real Madrid e con quella piccola parentesi sportiva che rende tutti fratelli, scattò una simpatia. Da quella sera grandi saluti, grandi sorrisi tra loro e grandi distanze tra noi che fino ad un momento prima, o solo un momento dopo, in ascensore, ci eravamo baciati e stretti in teneri abbracci.

Pablo si guardava intorno, nell'appartamento, cercando forse di immaginare quanto di mio ci fosse negli arredi; una casa dice moltissimo di chi ci vive. Ma lì l'unico ambiente veramente a mia immagine era la mia stanza e fu lì che lui si mise a osservare ogni ninnolo, ogni foto, ogni biglietto di teatro, cartolina, libro, oggetto.

"Voglio sapere tutto di te, Maya, ho già perso così tanto tempo!".

Gli illustrai la mia stanza come fosse un museo e lui si beava di sapere, chiedeva, si stupiva. Indugiò sulla foto dei miei genitori, cercava le somiglianze: "Hai i capelli e la pelle bianca di tua madre, ma gli occhi sono di tuo padre" – "E Tu? Somigli di più a tuo padre o a tua madre? Il colorito della pelle sembra piuttosto egiziano" – "Non lo so... mi sono sempre detto che non somiglio affatto a loro due, ma... comincio a pensare di aver ereditato qualcosa da mio padre". Sorrise abbracciandomi e alludendo, pensai, al fatto di essersi innamorato. Ma non dissi niente, mi piaceva pensare che fosse così e non volevo essere smentita.

Lui si mise a guardare la mia cartina dell'Italia attaccata al muro: c'erano tante crocette colorate: "Cosa indicano queste crocette?".

"Sono tutti i posti in cui ci sono i miei genitori, i miei parenti o i miei più cari amici. Vedi... i miei nonni paterni stavano qua, quelli materni qua, per cui ho una zia qui, dei cugini lì... mica solo tu hai origini variegate! Nemmeno io vivo nella città in cui sono nata. Se fossi in te sarei felice di viaggiare tra Grecia, Spagna ed Egitto con la scusa di andare a trovare la famiglia disseminata!" – "Ma lo sai che non conosco Alessandria? Ci sono passato, ci ho alloggiato, ma non ho mai voluto visitarla, ho come un rifiuto, ho sempre considerato questa città come la sede dell'origine dei miei mali".

"Allora sai che facciamo? Ci andiamo insieme, prima di tornare a Siwa, e ti accorgerai che la città dei tuoi avi è meravigliosa e innocente: è ora che tu conosca e che tu capisca. Ti prometto che starai meglio, dopo, e ci lascerai un pezzettino di cuore anche tu". Mi baciò, come a suggellare la promessa benché lo vedessi perplesso, e per quella sera continuammo in leggerezza. Mangiammo qualcosa e ci addormentammo, lui prima di me, sui cuscini-divano, ascoltando musica e sorseggiando tè alla menta.

Come "prima notte" fu piuttosto scomoda e inappropriata, ma la stanchezza e le emozioni erano tali da rendere il sonno profondo e ristoratore anche tra i cuscini e il tappeto del soggiorno.

In quei pochi giorni, nonostante io lavorassi qualche ora la mattina, facemmo i turisti: macinammo chilometri sulle cornish lungo il Nilo, dove sembra che conversare sia più semplice e le parole scorrono come foglie adagiate sull'acqua dell'antico fiume; andammo alle piramidi di Giza a guardare il sole tramontare così come per millenni questi grandi colossi l'avevano visto fare, ci perdemmo nei meandri del labirintico bazar di Khan El Khalili, contrattando sul prezzo di turchesi e lapislazzuli, mangiammo kebab e showerma lungo strade sconosciute, e falafel, koshari, sandwich col fegato, e dolcetti intrisi di miele e sciroppo di zucchero, om-ali, patate dolci arrostite da venditori ambulanti... Bevemmo succo di mango e di canna da zucchero ai chioschetti, tè a litri, sahlab e karkadè... A volte ci veniva mal di pancia e saltavamo un pasto, altre volte ci sedevamo da Groppi, l'antica pasticceria, a riempirci prima gli occhi e poi la pancia di pasticcini. Pablo veniva a prendermi alla biblioteca dell'Università Americana e io ero felice, raggiante, pronta ad andare ovunque. Un pomeriggio affittammo una feluca col relativo guidatore e ci lasciammo portare nel punto più centrale del Nilo, lontano dalle rive, lontano dai clacson impazziti, dal folle traffico e dagli occhi di chi stava ben attento a che non ci scambiassimo effusioni. C'era il guidatore, è vero, ma doveva pur guardare dove andare! Così io e Pablo collezionammo una serie di baci rubati in stile adolescenziale ogni volta che lo sguardo del felucaio era rivolto in avanti. Il giro in feluca è talmente romantico e rilassante!

Ci tornammo un giorno con Nura e Mido che era al Cairo per dei documenti, ed altri amici egiziani ed europei.

Ci portammo da mangiare ful e taameia e rientrammo a mezzanotte. Il felucaio, nero come la notte, era in compagnia di un compare simile a lui ed entrambi ci dilettarono suonando piacevolissime e suggestive melodie nubiane mentre i loro turbanti bianchi parevano muoversi da soli al ritmo di aod e tamburi: il resto del volto sembrava ingoiato dall'ombra e solo a momenti si vedevano bianchi sorrisi affacciarsi nella notte. Un po' di vento spingeva l'altissima vela e noi ci sentivamo euforicamente fuori dal mondo, felici e in armonia!

Una sera andammo a Hussein ad assistere allo spettacolo stupefacente dei dervisci. Mi piaceva tantissimo lasciarmi trasportare dalle percussioni e i flauti che accompagnavano le piroette dei dervisci rotanti mentre le loro gonne variopinte mi ubriacavano e facevano sparire ai miei sensi ogni altra cosa intorno. Alla fine dello spettacolo mi ci voleva sempre un po' per tornare coi piedi per terra, per uscire da quella dimensione mistica che mi stordiva letteralmente. Pablo non ci credeva, lo vide con i suoi occhi e rise, ma disse che invidiava la mia capacità di lasciarmi portar via dalla musica e dalla danza di colori.

Una volta salimmo in cima alla Cairo Tower, da cui si godeva un panorama mozzafiato, di nuovo distaccati dal mondo, di nuovo lontani dal frastuono, immersi nella bellezza. La città immensa, vista da lassù, sembrava una leonessa addormentata e non faceva paura; il maestoso Nilo, riflettendo il sole, era come un flessuoso nastro d'oro che divideva in più parti lo spazio scuro della città. Dopo il tramonto era lui a farsi scuro mentre la città si accendeva di infinite lucine fino a sembrare un cielo capovolto tempestato di stelle variopinte. Le stelle non si vedono nel cielo del Cairo, lo smog copre la città prima ancora del cielo con un manto che di notte è arancione e viola. Non è mai buio al Cairo, e non c'è mai silenzio.

Tornavamo a casa sempre distrutti e stravolti, appesantiti, ma leggeri come solo chi sta vivendo una magia si sente. Una sera andammo a ballare in una discoteca su un barcone ancorato sulle sponde del fiume, un'altra sera ci scatenammo ad una festa sul tetto a terrazza del palazzo dove viveva Nura, dopo aver cenato allegramente da lei. Quella notte, venendo via dalla festa, in cui ci eravamo trovati in mezzo a gente proveniente da ogni parte del mondo, ci unimmo a un gruppo di inglesi e francesi e andammo al World Trade Center a giocare a biliardo. Tra la stanchezza e le birre, la partita non fu certo delle migliori, ma quanto ridemmo! Io mi chiedevo se il ragazzo che rideva così di gusto fosse lo stesso che avevo incontrato, torvo e confuso, nel deserto. Per sicurezza cercavo di sfiorarlo, di stringergli furtivamente una mano ogni volta che era possibile e mi dicevo: "Sì, Maya, è proprio lui", e ringraziavo il Cielo per il dono che mi aveva fatto.

Nelle nostre lunghe conversazioni ci eravamo raccontati, passando così da argomenti riguardanti il passato, il presente, ma sconfinando spesso nel futuro. Qui mi avventuravo un po' da sola, perché ero piena di desideri e progetti in cui non avevo fatto altro che inserire anche lui e il nostro Amore; Pablo, invece, benché avesse otto anni più di me, non aveva ancora capito "cosa volesse fare da grande" e per lui era già un turbinio in divenire il presente che si trovava, del tutto a sorpresa, ad affrontare. Doveva fare pace col passato, per poter pensare ad un futuro e il presente lo stava aiutando a guardare indietro, prima ancora che avanti. Io volevo andare in Palestina e lavorare in un'associazione non governativa, o qualcosa del genere, per aiutare i bambini che si trovavano in difficoltà, per esempio, e volevo continuare a viaggiare e a conoscere popoli, usanze, scenari di ogni bellezza, mari, montagne, ghiacci, savane… ero letteralmente assetata di mondo e di vita, avevo entusiasmo da condividere e ora che un sentimento così grandioso stava esplodendo in me mi sentivo ancora più forte e piena di energia.

La sera, anzi, la notte, sarebbe stato molto difficile addormentarsi, se non fossimo stati esausti e sfiniti fisicamente, con tutto quel fervore di idee in testa, e invece, in un momento, accoccolati una tra le braccia dell'altro, crollavamo nel sonno più profondo quando era quasi l'alba e gli uccellini salutavano già il nuovo giorno. Al lavoro era difficile, poi, non addormentarsi sui libri, ma davvero avevo energia da vendere! Ah, l'amore! Ah! I vent'anni!

E arrivò il momento di ripartire per Alessandria e proseguire per Siwa. Nura mi aveva aiutato tantissimo al lavoro per permettermi di avere il tempo libero da passare con Pablo. Io per lei avrei fatto lo stesso, tra amiche si fa così, ma le avevo promesso che questa volta non sarei stata via più di tre giorni, nonostante la lunghezza del viaggio per Siwa e che avrei recuperato restituendole almeno un po' delle ore di lavoro perché potesse andare, come desiderava da tempo, qualche giorno sul Mar Rosso.

Io e Pablo Karim, l'ultima sera al Cairo ci costringemmo ad andare presto a dormire per poterci alzare prestissimo la mattina dopo, correre a Midan Ramses, prendere il primo minibus per Alessandria ed essere là in mattinata. Così facemmo. Fu dura, ma partire con l'idea di andare incontro a una sorta di pellegrinaggio-esorcismo-iniziazione era davvero emozionante: avevo convinto Pablo a percorrere almeno il lungomare di Alessandria fino alla bianca Qaitbay, fino al punto in cui, approssimativamente, i suoi genitori si erano incontrati per la prima volta.

Arrivati in città salimmo in un taxi e chiesi al tassista di allungare il percorso passando anche dalla splendida reggia di Montaza, una delle antiche e bellissime residenze di re Farouk con un parco meraviglioso intorno. Alessandria è una città bellissima, stracolma di testimonianze importanti della sua storia, araba, ma prima greca, romana, bizantina, persiana, così mediterranea da ricordare una delle nostre città... Napoli, Palermo... Era bello sentirsi in Egitto ma sentire anche che al di là di quella distesa blu c'era "casa". Non per nostalgia, solo per amore: l'amore cerca la vicinanza.

"Guarda, un po' più a est, là nel mare, c'è l'isola in cui sei cresciuto e molto a ovest, affacciata sempre sullo stesso mare, c'è anche la Spagna, la terra di tua madre. Ci accomuna qualcosa di importante, non possiamo essere poi così diversi". Io riflettevo ad alta voce e Pablo cominciava a relativizzare ciò che gli era sempre apparso abissale.

Il tassista si divertiva a fare un po' da guida, a modo suo, biascicando un po' di inglese, e noi due, che dentro ribollivamo di emozioni e cose nostre, cercavamo anche di dargli soddisfazione ascoltandolo e mostrandoci piacevolmente colpiti dalle sue indicazioni. A un certo punto accostammo e scendemmo: eravamo sul lungomare e alla fine di quella specie di braccio che sembra accogliere il mare in città, si stagliavano le bianche pietre di Qaitbay, fortezza costruita vicino al punto in cui un tempo sorgeva il mitico faro di Alessandria, una delle sette meraviglie del mondo! Secondo me poteva essere che Ana, la mamma di Pablo, stesse guardando in quella direzione cercando di immaginare il faro, prendendo mentalmente le misure per capire dove potevano arrivare i 130 metri della sua incredibile altezza. Io capii di potermi immedesimare in quella donna incantata di fronte alle sue conoscenze che in quel momento alimentavano fantasia e stupore e le permettevano di vedere il gigantesco edificio stagliarsi in quella parte di cielo ormai vuota. Ed era già molto emozionante il pensiero che la bianca fortezza che pare di zucchero fosse stata costruita con le pietre del faro, ormai in rovina. Impressionante perdersi nell'immagine di questa luce intermittente che nella notte compariva agli occhi di marinai lontani anche 50 km dalla costa, ai tempi in cui era facile sovrapporre il concetto della "luce che ti guida nella notte" con quello degli dei del cielo e del mare preposti a farlo. Eh sì, c'era di che restare incantati, lì davanti!

Restammo in silenzio per un po', come accadeva ogni volta che eravamo insieme in contemplazione, poi furono le nostre mani a cercarsi, e i nostri sguardi. "Maya... avevi ragione, ma non avevo bisogno di venire qui per capire mio padre, perdonarlo e apprezzare le sue scelte: l'ho già fatto, è già successo. È successo nel deserto, quando ho avuto il terrore di perderti nella tempesta di sabbia. È successo forse prima, ma non ne ero cosciente, ed è sfociato nella sonata dopo la tempesta. È stata la mia liberazione, Maya, tu sei stata la mia liberazione da uno spettro che mi attanagliava da una vita. Ti vedo guardare le cose con stupore e gioia, i tuoi occhi sembrano dire "benvenuta" a ogni immagine e a ogni attimo che la vita ti pone tra le dita, senza dare nulla per scontato, così curiosa, così... viva! Credo che fosse questo che intendeva mio padre quando cercava di spiegare cosa lo aveva trafitto quando conobbe mia madre e allora è vero che il sangue non mente... il sangue ha saputo farsi musica, ha saputo farsi amore. Ho capito che anch'io mi posso innamorare e che è qualcosa di sconvolgente, lo sto provando sulla mia pelle e nel profondo del mio cuore. Grazie, Amore mio, tu sei il mio faro".

Mi stavo commuovendo, ma dicendo "mio faro" mi fece occhiolino e rise. Io non resistetti dall'abbracciarlo, anche se per pochi attimi, e tenni per me la lacrimuccia ormai salita agli occhi.

Ecco, da quel momento quel punto della città, quel punto del mondo, assumeva un significato notevole e mi sentivo quasi svenire per l'emozione. Dentro di me pensai che se avessimo avuto dei figli li avremmo potuti chiamare Alessandra o Alessandro. Ero già corsa avanti.

Tornammo alla realtà e alla stazione per proseguire il nostro viaggio con destinazione Siwa. Arrivammo la sera un po' stravolti come sempre, grazie allo scarsissimo comfort offerto dagli autobus di quel percorso e dagli squallidi punti di sosta, ma eravamo insieme e niente scalfiva lo stato di grazia. A Siwa ci accolsero tutti amichevolmente e cenammo in allegria da Abdu, ritrovando pace e relax. Io avrei pernottato all'Hotel Yousef come al solito e Pablo da suo nonno. Mi feci una doccia, mi cambiai e decisi di accompagnare lui a piedi, per sgranchirmi le gambe dopo ore di autobus e soprattutto per non salutarlo così presto. Così ci incamminammo. Era buio. Finalmente potevamo tenerci per mano e lasciar andare tutte le tensioni. La strada sembrò fin troppo breve. Nonno Karim ci sentì arrivare e si affacciò. Salutò discretamente ma con un radioso sorriso, Pablo mi disse di aspettarlo fuori e tornò con un telo ripiegato e una lampada. Disse qualcosa al nonno in arabo e "Vieni!", mi prese per mano e riprese il cammino tra due filari di palme fino a dove si incontravano col deserto e le stelle brillavano a miliardi. L'aria profumava di silenzio e di notte. Andammo alla sorgente non lontana da lì, quella dove Pablo si era tuffato dopo la tempesta di sabbia. Non faceva caldo, anzi, l'aria era piuttosto fresca, ma Pablo si tolse i vestiti, tutti, e si tuffò, invitandomi a fare lo stesso. La mia testa era convinta che non lo avrei mai fatto, non mi sarei ribagnata i capelli appena asciugati, che sarei stata una spettatrice attenta, alla fioca luce di una lampada, davanti a un sipario trapunto di stelle. Ma fu il cuore a darmi una scossa e non sentii più freddo, anzi, fu fuoco a scorrermi nelle vene!

Mi spogliai e, felice, libera, eccitata e viva, mi tuffai in quell'acqua pura e nell'abbraccio dell'uomo che amavo e che desideravo da impazzire.

Anime nude
rivestite di corpi nudi
Ti spoglio e ti rivesto di baci
Pelle nuova di carezze
farò con le mie mani
sull'anima tua dischiusa
Unguenti di poesia
veli di musica
e baci, baci, baci
come respiri
per dare fiato
a un nuovo corpo
fatto di due.

E se non è questo l'Amore
io non sono un uomo
e non mi serve un cuore.

P. K.

La notte più bella della mia vita. Una notte per cui valeva la pena aver avuto una vita. Amore per l'intero cielo sopra di noi e per la terra, per la sabbia morbida sotto di noi, e per l'acqua fredda e per il sangue caldo, per la notte che ci aveva offerto la sua tenda, per le parole che lui mi dedicò, scrivendole di getto sul biglietto del pullman che era rimasto in tasca; per il giorno che ci aspettava, e per ogni giorno a venire.

Non mi importava più che fosse una poesia di Neruda a calzarmi addosso, mi importava rivestirmi di queste parole, sgorgate per me come quell'acqua pura dal ventre della terra, trasparenti, fresche e bollenti, sue, mie, nostre, solo nostre…

Pablo mi accompagnò all'hotel. Salama mi aveva lasciato la chiave al solito posto, dormivano tutti. Lui tornò dal vecchio Karim e io rimasi a fissare il soffitto fino all'alba, ubriaca di felicità, poi crollai e mi svegliai praticamente a ora di pranzo.

Quando scesi, Pablo Karim era lì che mi aspettava. Mi baciò la fronte scostandomi i capelli dal viso e disse soltanto: "Buongiorno, *ya 'albî*". Era serio. Sperai che fosse solo un'impressione.

"Ehi, Giorno e Notte… che programmi avete?" – disse Abdallah vedendoci arrivare al ristorante di Abdu. C'erano anche Salama e Alloush.

"Vivere per sempre felici e contenti?" – risposi io. "Ah, però! Ma insieme?". – Bella domanda… io guardai in basso, Pablo sorrise appena, come se fosse stata una battuta e disse che sarebbe dovuto andare dal nonno per parlare di alcune cose. Poi si rivolse a me, interrogativo. "Io sto con te. Domani devo assolutamente tornare al Cairo. Oggi stiamo insieme" – dissi.

In quel preciso istante venne verso di noi Alloush chiamandomi e facendomi segno di seguirlo. "Al telefono!" – mi diceva. Evitai di allarmarmi perché era tutto sorridente. "Chi è?" – "È il destino, Maya! Per voce di Nura! Vieni, presto!".

Non capivo, ero convinta di averlo appena preso per mano, il mio destino…

La telefonata di Nura annunciava la realizzazione di ciò che più avevo desiderato negli ultimi due anni! Non riuscivo a credere che tutta quella densità di grazie si stesse riversando su di me nell'arco di così poco tempo e con tanta importanza: una delle ONG a cui avevo fatto domanda di lavoro aveva appena comunicato di aver accettato il mio progetto per Gaza e mi invitava a presentarmi quanto prima per i documenti e le pratiche necessarie. Era ciò che desideravo fare della mia vita: qualcosa di buono per le persone che avevano avuto la sfortuna di nascere in posti martoriati dalle guerre e dalle ingiustizie. A fare il medico non ce l'avrei fatta, ma socialmente, umanamente, sapevo di poter dare qualcosa, e avevo una gran voglia di farlo, di dare la mia "goccia nel mare". Desideravo essere utile, mettere a disposizione di chi ha avuto una vita meno semplice della mia tutto ciò che potevo, i talenti che avevo avuto in dono che dovevano fruttare. La povertà fa impressione, ma ciò che mi toccava profondamente ferendomi era ed è l'ingiustizia, resa peggiore dall'indifferenza del mondo di fronte ad essa.

Il mio entusiasmo si smorzò già al telefono e Nura lo avvertì.

"Cosa c'è? Che è successo a Siwa? Hai cambiato programmi? È per via di Pablo Karim?" – incalzava...

"Nura... sì, questa persona è davvero importante per me... ma chissà... magari vorrà venire con me..." – "E se non volesse? Butti tutto all'aria? Qua si parla di cose serie. Rifletti bene sulla tua motivazione, amica, perché se ne hai perso anche solo un grammo, tu la vita a Gaza non la puoi affrontare. Basta che fai in fretta perché i tempi sono stretti. Pregherò perché tu faccia la scelta giusta".

Nura, amica saggia, senza fronzoli, mi parlò senza ergersi a giudice. Si trattava di fare una scelta, ma io pensavo solo a come evitare di farla, per non rinunciare a due sogni che si realizzavano contemporaneamente.

Tornai a tavola visibilmente scossa, lo stomaco chiuso. Nessuno poteva capirne fino in fondo il motivo, dato che nessuno, tranne Pablo (e non volevo assolutamente che ne potesse dubitare) sapeva quale nuovo fuoco bruciasse dentro di me. Col sorriso sulle labbra comunicai la notizia ricevuta e col sorriso ringraziai per le congratulazioni, anche se non tutti vedevano la cosa come una bella opportunità, anzi.

Dovevo parlare da sola con Pablo. Dovevo parlarne con lui. Mi sembrava che quel pranzo non finisse mai. Per fortuna la conversazione si era spostata su altri argomenti, ma io fremevo.

Avevo urgenza di risolvere tutto subito. Si trattava semplicemente di far combaciare le tessere di un puzzle, erano tutte lì, nelle mie mani, e dovevo solo trovare il verso giusto perché l'immagine del mio immediato futuro risultasse chiara e perfetta. Pablo avrebbe potuto esultare e dire: "Vengo con te, Amore! Ti seguirei ovunque!", e avremmo vissuto insieme l'esperienza del donarsi al prossimo facendoci forza l'un l'altro col nostro amore. Ma così non fu. Pablo non esultò. Non esultò affatto, e non disse quelle parole. Questa combinazione di tessere non funzionava. Avremmo potuto stare insieme a distanza e vederci di tanto in tanto. Magari sarei rimasta a Gaza per alcuni mesi... o alcuni anni... e lui che avrebbe fatto nel frattempo? E poi non era così facile spostarsi da lì, senza contare l'aspetto economico della cosa. Lui doveva trovarsi un lavoro, poteva farlo lì, poteva fare domanda nella stessa ONG. O io avrei potuto rinunciare alla missione. Certo, avrei potuto sacrificare un sogno, il sogno che avevo alimentato e per cui mi ero adoperata fino ad allora. O avrei potuto rinunciare all'Amore romantico, un sacrificio personale in nome di un Amore più universale e socialmente utile, in nome di un vero ideale, di una vera missione... Ma non sarebbe stato un peccato mortale chiudere la porta in faccia a un dono del Cielo?

Ero in crisi. Non volevo rinunciare a niente. Ero libera di scegliere, ma io volevo la libertà di non dover scegliere.

Appena ci ritrovammo soli io e Pablo ci incamminammo lungo il palmeto. Non essendoci nessuno in giro ci prendemmo la libertà di tenerci la mano e la sensazione che ne ricevevo era sufficiente a gridarmi dentro che a Pablo non avrei potuto rinunciare mai e poi mai. Non poteva esserci niente di altrettanto perfetto, e tutto a un tratto non avevo voglia di parlare, riflettere, mettere in fila parole, prendere decisioni... avevo solo voglia di stringermi a lui, fondermi e trovare pace: ero al centro del mondo e le fronde delle palme silenziose sembravano proteggerci da tutto il mondo che stava intorno con le sue urgenze, con le sue richieste. Io ero il viandante che aveva raggiunto la meta, ero l'assetato che si abbeverava alla sorgente, il marinaio che avvistava la riva, che scendeva dalla sua barca e si buttava nell'abbraccio tra l'onda e la sua battigia, baciando terra, finalmente al sicuro, finalmente a casa. Mi sentivo a casa tra le braccia di quel ragazzo e non era un luogo fisico, era una sensazione, uno stato d'animo, una felicità.

Taceva, Pablo Karim, e mentre io mi abbandonavo a quei tumultuosi pensieri, lui dette voce ai suoi.

"Sono contento per questo lavoro che potrai fare... il mondo, soprattutto quello più martoriato, ha bisogno di gente come te. Sei coraggiosa e forte, e hai molto da dare. Sono fiero di te".

Praticamente lui parlava dando per scontato che avrei accettato l'incarico. Sembrava non aver recepito le mie notevoli titubanze, per cui parlai e gli spiegai che non ero più sicura di cosa fosse giusto fare, sia per il mondo martoriato che per me, e per noi. Sottolineai quel "noi" quasi col timore che potesse dubitare dell'importanza che aveva per me. Mi strinse forte, ma non mise in dubbio che la scelta giusta fosse quella di accettare e andare. Pensai che quindi avesse lui la soluzione e che stesse considerando l'ipotesi di venire con me. Arrivammo a casa di suo nonno e giacché era seduto lì fuori a godersi il fresco all'ombra delle sue palme, interrompemmo il discorso e gli rivolgemmo un saluto.

Come promesso questa volta preparò per me il caffè turco e lo fece secondo il rito delle tre bolliture con l'apposito bricchino d'ottone dal lungo manico laterale. Sembrava di assistere alla preparazione di una pozione magica tanto potente da riuscire a dipanare il mio groviglio di pensieri. Preparò tre tazze di terracotta azzurra e lucida su un piatto bianco.

Il saggio nonno Karim scambiò due parole col nipote e dall'intonazione e gli sguardi riuscii a dedurre che Pablo l'avesse messo al corrente del perché dei nostri sguardi seri. Eppure sembrava che sapesse già, e che niente di ciò che aveva sentito lo avesse turbato. Che dolcezza in quegli occhi, e quanto affetto... gli si poteva proprio leggere l'empatia lungo le rughe del volto; sembrava intendesse dirci che capiva benissimo che avremmo sofferto, che ci eravamo appena trovati ed eravamo già messi alla prova. Mi colpì. Non pensavo che desse tanto credito al legame tra me e Pablo e invece era uno che vedeva oltre. Quando ebbi finito di bere il mio buonissimo caffè mi chiese di porgergli la tazza in cui era rimasto il consueto denso fondo. Capii che lo avrebbe interpretato e rimasi con il fiato sospeso in attesa di un verdetto a cui tenevo molto, in quel momento.

Si accigliò. Non mi piacque. Oh mio Dio! La tazza si ruppe tra le sue mani! Restai a bocca aperta, gelata da quello che mi sembrò un pessimo presagio. Pablo si alzò di scatto e vide che il nonno si era anche ferito un dito: prese un tovagliolo e improvvisò una fasciatura, ma il vecchio sminuiva l'accaduto e ci tranquillizzava. Mi sorrise, forse perché mi vide reagire così male, e mi disse che non era un grosso problema; ignorando il proprio dito mi mostrò che la rottura era stata netta e che sarebbe stato facile aggiustarla. Si alzò, sciacquò le due parti e tirò fuori da non so dove una specie di argilla. Le sue mani rugose la plasmarono con dolcezza creando un nuovo intero e la tazza fu posta al sole. "Poi la metterò nel forno. Non sarà la vecchia tazza, ma sarà una nuova tazza, intera, state tranquilli". Io mi sentii in qualche modo consolata, lo confesso.

A quel punto il vecchio Karim disse che gli avevamo fatto tornare in mente una vecchia storia che gli raccontavano da piccolo e chiese a Pablo di tradurla per me perché desiderava narrarcela.

LA LEGGENDA DEL GIORNO E LA NOTTE

Si racconta che quello che ora è deserto, un giorno fosse una distesa di terra fertile ricoperta di boschi e prati, fresche acque popolate di pesci e che fosse abitata da uomini e animali che vivevano in armonia tra loro.

Di giorno il sole splendeva e dava vita e colore a tutto. Il cielo donava il suo azzurro a mari e specchi d'acqua, i raggi dorati dischiudevano fiori e accarezzavano animali e colline. Di notte l'ombra e il sonno ammantavano le terre; una fresca coperta di stelle ricopriva tutto e tutti, e Giorno e Notte si alternavano armoniosamente come le due belle facce di una medaglia preziosa.

Un giorno Sole era particolarmente accesa e potente e uno zaggala, un raccoglitore di datteri, se ne stava sotto l'ombra di una palma a riposare. Mentre si sventolava in cerca di refrigerio si rivolse a Sole dicendo: "Certo che a volte esageri, mia cara Sole! Di questo passo ci arrostirai tutti! Non vedo l'ora che tu tramonti: la notte è più clemente di te!".

Sole, stupita da tanta insolenza, pensando di essere amata in misura della sua potenza, replicò seccata: "La notte? Ma la notte è buia! Come fai a paragonarla al giorno? Come fai ad ammirare tutte le bellezze della natura se non ci sono io ad illuminarle?" – "Certo, è vero, ma ti garantisco che anche la notte ha il suo fascino, proprio perché avvolge tutto col suo mistero. Non si vede solo con gli occhi, mia cara Sole! Al cuore non serve la tua luce, anzi, la notte aiuta a vedere ciò che con la tua luce accecante non si vede. La notte si sente con gli altri sensi, si sogna, e si può guardare il cielo. Il cielo di notte, amica mia, è un tripudio di brillanti che non puoi immaginare. E poi... e poi c'è la Luna! Una regina, credimi, la più fulgida e dolce compagna che possa allietare la notte di chi ha sete di magia, di chi è innamorato, di chi è solo, di chi è triste, di chi è felice...".

Sole era sconcertata. "Ma cosa dici? Io sapevo che quando non c'ero io dormivate tutti: uomini, fiori, animali! Sono io che vi do la vita, la luce, il calore; sono io che accendo i colori e rendo chiaro il cielo, trasparenti le acque! Come puoi pensare che la mia assenza sia una cosa buona? La notte somiglia alla morte, per quanto ne so. E poi che vuol dire "innamorato"? Chi sono questi innamorati che parlano alla Luna? Ma soprattutto, chi è questa Luna?".

"Oh, Sole! Potrei rispondere a tutte le tue domande con un gesto solo: sono certo che se conoscessi la Luna, anche il Giorno si innamorerebbe della Notte, e capiresti cosa significa! Ma se c'è il Giorno, non c'è la Notte, e se c'è la Notte, non c'è il Giorno".

"Voglio incontrare la Luna" – "Brava. E come?".

"Non so... proverò a tramontare più tardi, magari la sorprenderò che arriva...".

Quella notte lo zaggala raccontò alla Luna che Sole desiderava incontrarla e lei ne fu lusingata, ma non sapeva come fare. Accadde che Sole cominciò a splendere con sempre maggior vigore per prolungare il Giorno e sulla terra il caldo diventò insopportabile. Poi doveva scomparire e lasciava il cielo all'improvviso. Non riusciva nemmeno a intravederla, la Luna splendente. La Notte aveva il duro compito di riportare un po' di frescura in quella terra arsa e asciutta e a lungo andare la bella natura cominciò a soffrirne... le piante si seccarono, le acque evaporarono, gli animali scapparono via, le rocce si sgretolarono e poche creature rimasero in quel deserto.

Finalmente un giorno si verificò una cosa straordinaria: la Notte venne di Giorno! Era un'eclissi! Quel giorno Sole incontrò Luna, quel Giorno incontrò la Notte, la luce si fuse col buio, le stelle brillarono nel cielo del giorno, fu questione di attimi, ma niente fu più come prima.

Il Giorno si innamorò della Notte, e la Notte si innamorò del Giorno. Da quel momento vissero rincorrendosi, in attesa di un altro fugace incontro che desse senso a quell'amore. Si dice che nei brevi momenti dell'eclissi il deserto tornasse a fiorire e i fiumi a scorrere limpidi tra verdi colline. Per pochi attimi. Poi basta. L'ardore del Giorno innamorato tornava a infuocare la distesa di dune dorate e la pioggia di stelle la rinfrescava nella Notte. Solo alle palme fu concesso di restare, e ai loro datteri di contenere il sapore dolce di quell'amore, in ricordo dello zaggala che parlò al Giorno della Notte.

Ero senza parole. Nonno Karim aveva raccontato la storia fermandosi ogni poche frasi per permettere al nipote di tradurre per me e quelle brevi attese riempite da parole arabe che mi pareva di intuire, insieme alle espressioni del narratore, avevano reso la storia un succedersi di emozioni crescenti. La voce di Pablo, via via, rivelava le stesse anche in lui, e si faceva più commossa e lenta quasi non volesse arrivare alla fine. Era così che apparivamo agli occhi del nonno, quindi... come due innamorati destinati a cercarsi e aspettarsi senza poter stare insieme mai. Terribile.

Io non avevo ancora espresso la mia adesione alla ONG eppure la leggenda parlava chiaro: il tempo di trovarsi, di innamorarsi, e via, finita lì: la tazzina si era rotta. Sembrava evidente che non avrei rinunciato a quella strada e altrettanto evidente sembrava che Pablo non mi avrebbe seguito. Mi trattenni dal commentare, e poi Pablo avrebbe dovuto tradurre... semplicemente sorrisi con mestizia al nonno, lui si alzò per accomiatarsi, piegò leggermente la testa di lato con atteggiamento paterno e mi sorprese appoggiandomi una mano sulla spalla. Mi parlò in arabo, ma capii dai suoi occhi: "Andrà bene, l'ho visto nel fondo del tuo caffè, e la tazzina tornerà intera. Andrà bene, Inshaallah; le eclissi accadono. Dio ti benedica".

Intanto Pablo si era avvicinato al pianoforte e senza neanche sedersi suonò alcune dolcissime note: "È la tua melodia, Maya. È il mio cammino, la nuova strada... la senti?".

Una musica che conosceva le risposte. Meglio di me.

Mi pesa ripensare a quella giornata nata meravigliosa e diventata terribile, proprio come il mare quando si arrabbia all'improvviso, o come il deserto quando scopri che l'oasi che hai visto è solo un miraggio.

Avevo bisogno di stare un po' da sola e rimettere in ordine le idee.

Camminai senza meta, la melodia accennata da Pablo al pianoforte mi martellava con la sua struggente dolcezza. Fu un susseguirsi e alternarsi di sogni e incubi a occhi aperti che si intrecciavano con i ricordi freschi e meravigliosi della notte d'amore. Purtroppo quello che sopravvisse alla coscienza fu l'incubo. C'era poco da fare, non ero solo io a scegliere. Pablo Karim mi raggiunse, a testa bassa. Gli pesava, senza dubbio, gli costava dirmi ciò che mi disse, ma costò più a me.

Si dice che chi molto ama sia in grado di lasciare l'altro, se ritiene che sia il suo bene. Si dice così... si dice che chi ha più testa deve usarla, si dicono tante cose, ma io non ne ero convinta. Capivo, comprendevo, ma non condividevo. Affatto.

La notte in cui io e Pablo fummo una cosa sola, la notte in cui l'amore che provavamo fu degno del cielo stellato e del deserto maestoso fu la notte che precedette la lacerazione e il distacco. Alla luce dei fatti credo che una morte sarebbe stata meno dolorosa, perché probabilmente non sarebbe mai stata frutto di una scelta consapevole. Una morte ti toglie le speranze, ti lascia dei ricordi perfetti e sentimenti sacri. Un distacco voluto (da una parte sola, s'intende) ti demolisce la fiducia per sempre, ti tortura per anni con una speranza che somiglia all'acqua che sale, sale, fino a sommergerti e ucciderti. Poi ti accorgi che non muori, no, fuori non muori, ma qualcosa dentro di te è morto per sempre e al suo posto restano rabbia, insicurezza, delusione.

Pablo era più grande, Pablo era più saggio, decise lui cosa fosse meglio per me. Pablo pianse davanti ai miei occhi ma era veramente convinto di sapere lui cosa fosse meglio per me. Ma dico io, fino a due mesi prima non sapeva manco cosa fare della sua vita e all'improvviso aveva capito tutto?

"Sei troppo giovane per lasciare che sia il tuo cuore a determinare le tue scelte. Il mondo deve ancora mostrarti tanto di sé! E ti sta offrendo l'opportunità di far fruttare la tua ricchezza interiore, la tua sensibilità, l'amore per il prossimo" – diceva. "Stai sottovalutando il mio amore per te!" – dicevo io –, "E dimentichi che il cuore non si imprigiona e non si costringe con la ragione! Io non potrò fare a meno di amarti…".

"Ma no, Maya, non sottovaluto il tuo amore, anzi, non voglio che lo dedichi a me a scapito di tutto il resto. Valuto la preziosità della tua vita, della tua anima libera, del tuo entusiasmo nel cercare e scoprire la bellezza, del tuo stupore nel trovarla. Il mondo intero ti aspetta, l'esperienza a Gaza non sarà che l'inizio.

Cosa posso darti io? Niente, una strada non delineata, un miscuglio di desideri, mille interrogativi, tante cose da chiarire dentro e fuori di me". Quante belle parole, che infilava giù come chiodi nel mio cuore...

"Maya, tu per me sei un raggio di sole dopo tanto brancolare nel buio, e non voglio essere io a spegnerti, non sono pronto, non ho niente da offrirti perché non so nemmeno chi sono davvero. L'unica cosa certa è che sei troppo preziosa per me, è per questo che ti lascio libera. Mi capisci?".

"No, non capisco, è un controsenso, tu mi stai facendo deliberatamente del male!".

"Ti farei del male se prendessi impegni che non posso mantenere! Se mi lasciassi incantare dalla strada che sembra più facile e più piacevole, quella dell'amore, ma non funziona così. Sono confuso su tante cose, ma so per certo che la strada più semplice non è per forza quella giusta e nel caso dell'amore... beh, spesso una rinuncia è il più grande dono. Io ti dono il mio amore e la libertà".

Giuro che avrei preferito una scarica di randellate. Non risposi. Tutto quel discorso mi sembrava pura cattiveria, ipocrisia, e piangevo, la testa bassa, appoggiata al suo petto, i pugni chiusi, stretti. Sembrava voler fare la scelta che suo padre non ebbe il coraggio di fare, a suo tempo, con Ana. Eppure...

"Se poi sarà destino, questa fiamma non si spegnerà, e un giorno, chissà, quando il sole sarà coperto dalla luna, sarà lei, la fiamma del nostro amore a rischiarare ancora il buio e a illuminare per sempre le nostre vite".

"Cosa dovrei aspettare, un'eclissi di sole? È una promessa? Un appuntamento? Una sfida? O una romantica presa in giro!?".

"Non è una promessa, no, Maya, è un addio. Ma se l'eclissi ci sarà, io sarò qui, quel giorno. Quel giorno che sarà anche notte. E se ti ritroverò, sarà per sempre".

Per un attimo mi sentii consolata, a quella parvenza di possibilità, ma subito dopo mi sentii ancor più stupida per l'assurdità della speranza. Poteva dirmi: "Vediamoci al Giudizio universale" che sarebbe stato più sicuro...

Tanto amore, tanta gioia, da quel momento erano tutta rabbia e disperazione. Non volevo piangere, ma volevo piangere, per punirlo un po', per farlo sentire un po' in colpa, ma allo stesso tempo l'orgoglio voleva reggere, voleva vincere. Mi staccai da lui, continuando a guardare a terra, feci due passi indietro mentre lui rimase fermo in silenzio. Provò poi ad allungare una mano come per raggiungere i miei capelli, ma mi ritrassi, continuando a non guardarlo. Allora percepii il rumore lento dei suoi passi, la polvere che si alzò, e il motore di una jeep, che si accese, e via, via senza indugio e senza ripensamenti. Via. Pablo Karim era un capitolo chiuso. Eppure esisteva, era visibile all'orizzonte, sentivo nella testa il suono delle sue ultime parole: "È un addio...", "Se ti ritroverò sarà per sempre..." ma allora è un addio o non è un addio? Sei andato a cercarti e se ti ritrovi pensi di ritrovare anche me? Ma chi vuoi prendere in giro? Disonesto! Bastava dire: "È stato bello, ma grazie, ho altro da fare", che sono tutti quei discorsi su ciò che è giusto per me, sull'addio per amore... ma mi facesse il piacere! Non è possibile, ora girerà e tornerà da me, non è possibile, non era ubriaco in questi giorni, e non posso avergli messo paura... ma come ha fatto a concepire un pensiero così contorto? Come fa a lasciarmi così, in mezzo al mondo, dopo avermi fatto vedere chiaramente che la luna che cerco esiste sulla terra? Che me ne faccio, ora, di averlo saputo!? Che me ne faccio del suo amore così grande, eh? E piano piano mi ero accasciata giù, la testa tra le mani, e ringhiavo piangendo di rabbia in mezzo alla piazza. Non avevo più alzato lo sguardo, non volevo vedere più niente, non volevo sentire. Se colui che diceva di amarmi mi aveva abbandonato così, cosa dovevo aspettarmi dal resto del mondo? Con gli occhi pesanti di pianto corsi a fare i miei bagagli, buttando alla rinfusa la mia roba nel borsone. Restai in hotel tutta la sera, senza cenare, e la mattina dopo, come avevo deciso, ma con uno stato emotivo che mai avrei potuto prevedere, lasciai Siwa con l'autobus delle 7. Svegliai Abdallah e la moglie, li salutai in fretta, senza dare spiegazioni. Sapevano della ONG, lasciai che pensassero che avevo fretta di dare inizio alla nuova vita. Abdallah mi dette una bustina di datteri e mi disse di tornare, che Siwa era anche casa mia, e io mi commossi, perché mi sentivo davvero parte di quel luogo e perché si vede che nella notte non avevo ancora finito le lacrime. "Certo che tornerò! Intanto lascio qui un po' della mia anima, abbiatene cura, voi che avete saputo vederla e amarla".

Tristezza: mi metteva sempre un po' tristezza tornare al Cairo dopo essere stata a Siwa perché era lasciare Siwa la vera tristezza, ma in quel particolare frangente la pena era esasperata dalla scissione tra corpo e cuore. Solo il corpo era ripartito. Il cuore era spappolato sulla sabbia.

L'aria dolce del mattino mi accarezzava cercando di convincermi che la mia vita era comunque piena di bellezza e di motivi di gioia. Alloush aveva scelto per me un posto in prima fila, dietro all'autista. Ahmed e Maraja, i camerieri di Abdu, mi prepararono dei panini per il viaggio avvolgendoli in fogli di giornale e Abdu portò in macchina la mia valigia all'autostazione. Sembrava una partenza importante, quella mia di quel mattino. La mia tristezza rimaneva in netto contrasto con l'atmosfera circostante, serena e solare come sempre. Solo delle zanzare di Siwa avrei fatto a meno con piacere.

Partimmo. L'autobus era affollato. L'autista rideva di gusto perché a una sua frenata il controllore era caduto rovinosamente, sciorinando di conseguenza l'intero repertorio delle sue parolacce. Venne da ridere anche a me, mi trattenni a stento, e mi sorpresi per il fatto che avrei potuto già ridere, nonostante l'inferno che mi portavo dentro. Tutti ridevano e fumavano allegramente. Desiderai estraniarmi e mi misi a leggere il mio libro che parlava di deserto. Volevo stare nel deserto. Volevo vivere la pace per sempre. Mi sarei immolata sull'altare delle zanzare, ma non volevo lasciare quel paradiso, nonostante tutto. Forse avrei potuto continuare a respirare amore, se fossi rimasta, perché ogni angolo dell'oasi ne era stato inebriato, e non poteva svanire. Sono certa che tra le fronde delle migliaia di palme fossero imprigionate le note sgorgate dal pianoforte della nonna di Pablo, come granelli di sabbia alzati dal vento, e così le parole d'amore, nate lì, volate lì, lì rimaste.

L'autista era un burlone e continuava a prendersi gioco del controllore. Continuavano a fumare, e lui, come un animale che delimita il proprio territorio, non la smetteva di sputare dal finestrino. Il nastro nero di asfalto che univa Siwa a Marsa Matruh era disseminato dei suoi scataracchi. Prepotenza. È incredibile quanto stonassero certi uomini a Siwa. Non c'è niente da fare, è un'altra natura. Il controllore si offese anche un po'. Smise di ridere alle provocazioni dell'autista, che continuava a sputare fuori e arrivò addirittura a bruciargli una mano con la sigaretta! Il controllore rimase senza parole. Un teatrino!

Che bella gente, invece, i siwani! Che anime semplici, delicate, dolci... mentre davanti agli occhi avevo un controllore dalla risata falsa e sinistra, con dei baffi orribili. Un uomo quasi disgustoso, soprattutto comparato con l'anziano siwano seduto dietro di lui, limpido e... soave. Mi ricordava il nonno di Pablo, la sua tenerezza, la sua fermezza.

Una persona civile veniva a vivere atmosfere incantate, sensazioni magiche e poi si ritrovava in quegli autobus popolati di volgari autisti o controllori che la riportavano bruscamente alla realtà, come il suono della sveglia nel bel mezzo di un sogno, come una smorfia improvvisa su un volto sereno, come una nota stonata in mezzo a un'armonia, insieme a sputi incessanti, sigarette interminabili, voci sgraziate. Chissà se si poteva sputare il dolore...

Ma Siwa esisteva, anche se io me ne andavo. Avevano asfaltato la piazza e la strada per Fatnas, ma esisteva, ed esistevano i siwani.

La pace esisteva, continuava ad esistere, ed io ero grata al Cielo per questo.

Ho pianto nel deserto, commossa dal suo cielo, dalla sua grandezza e dall'amore che avevo dentro; e ho pianto camminando tra le palme alte e verdi, al fianco di qualcuno che poteva capire le lacrime che dà un'emozione. Ho vissuto intensamente ogni mio attimo lì. Ho consacrato ogni istante al valore unico e irripetibile del presente, con occhi spalancati e braccia aperte. Ho sofferto, ma ho amato e sono stata amata. Ho trovato una parte di me che ancora non conoscevo, che non sapevo proprio che mi appartenesse, e ho capito di poterla amare. Ho amato un po' di più me stessa e ho additato un po' di più certi miei stupidi difetti. Ho imparato a dare anche ciò che non sapevo di avere, e tanto, tantissimo ho ricevuto. Amo l'Egitto e il suo deserto, e al cospetto di quelle dune ho realizzato che fino alla fine dei miei giorni farà parte di me. Sarà la parte di me che lì è sbocciata e che spero non appassisca mai.

Durante il viaggio scrissi questo sul mio taccuino:

"Il tempo. Che ci faccio, io, in questo tempo? O è il tempo che sta in me e gira confondendomi le idee? Vorrei capire cosa c'è oltre questa foschia, e sotto questo specchio che pareva così limpido. Vorrei fermare il vento e riuscire a guardare le cose una alla volta. E invece lo sguardo entra ed esce tra me e le cose, e io inseguo emozioni e sentimenti sulle scie impercettibili che lasciano nell'aria, e non riesco a capire i loro messaggi, la loro natura, l'ordine... Vorrei fermarmi un attimo a leggere il paesaggio, sentirmi consapevole e artefice delle mie scelte; questo deserto maestoso, le sorgenti provenienti dal cuore della terra, gli occhi della gente, il frastuono del Cairo, l'amore che mi brucia l'anima, Gaza e la Palestina, terre martoriate e ampie distese di sabbia e sole, la cattiveria, la purezza... tutto gira e tutto si sovrappone, e io non ho pace perché me ne sfugge l'essenza, e gioco con le ombre, nuotando tra l'immaginazione, i ricordi, le speranze. Forse non capisco realmente i miei desideri. Volano sulla mia testa, e non riesco a fermarli. A volte cadono giù e io li calpesto. Vorrei lasciarmi cullare da questa alternanza tra cielo e terra, con gli occhi chiusi per potermi leggere dentro. Vorrei non sprecare il mio tempo e le mie emozioni. Sono sicura che il mio viaggio ha avuto un senso. In questo momento non lo vedo, perché probabilmente non è il senso che credevo di trovare, ma so che tutto a un tratto mi apparirà come un palcoscenico scoperto dall'apertura del sipario, e lo spettacolo sarà davanti ai miei occhi, a galla nella mia coscienza. E sarò me stessa, sarò felice, avrò scelto me. Ma intanto? Accetterò il lavoro tanto cercato? Forse si tratta solo di guardare la realtà, e tutto tornerà ad essere chiaro, com'era chiaro prima di questo viaggio. Com'era chiaro prima di questa immersione nella felicità, prima del naufragio nella sofferenza. Forse. Ma io non sono più la stessa di prima. Qualunque destino avrà questo amore, dovesse pure svanire o sprofondare negli abissi dell'oblio con colui che mi ha incantato, io non sono più quella di prima."

Mi addormentai, appena ripartimmo da Marsa Matrouh. Vedere l'azzurro del mare che conquistava l'orizzonte mi fece pensare al suo mutare, al suo farsi specchio immobile del cielo e al suo infrangersi e frangersi in milioni di pezzi e schizzi, con fragore, rabbia, tempesta e battaglia. Mare che sa cantare dolci nenie, sa cullare, e sa rovesciare navi, strappare vele, frustare rocce urlando e ruggendo. Eppure è sempre mare. Io ero un mare in tempesta, ma non ero libera di urlare e spaccare tutto. Mi concentrai al pensiero della risacca, del suo regolare andarsene e tornare, e dormii, stanca dei miei stessi pensieri.

Mi svegliai ad Alessandria, quel tanto che bastava per cambiare ancora bus. Riuscii a intravedere ancora il mare, che strugge e consola. Riuscii a dormire ancora fino al Cairo, nonostante gli scossoni e il rumore pazzesco del traffico. Arrivati a Midan Ramses, nella città in cui non è mai notte, fu l'odore di smog, più ancora che il rumore, a svegliarmi e riattivarmi i sensi. Il ragazzo che nell'ultimo tratto del viaggio si era seduto nel posto accanto al mio mi guardava in modo strano: fermò per me il primo taxi, mi chiese se stavo bene, se fosse tutto a posto, se avessi bisogno di essere accompagnata o di altro. Capii di aver pianto anche nel sonno e di averlo preoccupato. La sua gentilezza mi intenerì e mi vergognai anche un po'; lo ringraziai, lo rassicurai e salii su quel taxi. Frugai nella tasca del mio zaino per cercare un fazzoletto ma tra le dita percepii qualcosa: tirai fuori un foglio di carta piegato e ripiegato. Non era mio, non mi ero accorta che qualcuno me lo avesse messo nella tasca. Doveva essere stato Alloush, alla partenza, quando salutandomi aveva detto: "Buona vita, Maya. Non perderti".

"Buona vita, Maya, non perderti" sono parole bellissime che mi emozionarono subito e che continuai a ripetermi e ripetermi, come fossero la chiave di cui avevo bisogno. Alloush non temeva che perdessi la via per tornare a casa, già a bordo del solito meraviglioso autobus, ma i suoi occhi mi avevano chiaramente detto, insieme a quelle poche parole, di non perdere di vista me stessa, la mia essenza, le mie passioni, e per un attimo tutto mi apparve nitido, attraverso il velo di lacrime che salì ancora ai miei occhi.

Ma quella chiarezza, esplosa a costo di ore di viaggio e di sonno scomodo, si spense immediatamente dopo, nel momento in cui aprii il foglio che mi aveva dato Alloush, quando capii che era una lettera di Pablo. Fu un pugno allo stomaco, un pugno a tradimento, che non mi aspettavo. Le mani mi tremavano e il velo di lacrime straripò, rigandomi il viso. Richiusi, istintivamente, per non trovarmi preda delle mie emozioni in un taxi lanciato nel caos della metropoli con gli occhi curiosi del tassista che mi scrutavano dallo specchietto. Avevo sulle spalle un macigno di emozioni contrastanti, una notte in bianco, un viaggio interminabile, un grosso strato di polvere e in mano una vita, davanti a un bivio. Troppo da affrontare in un taxi cairota, con musica a tutto volume, ninnoli appesi, moquette arancione sul cruscotto e autista pronto a interagire. Tenere quel pezzo di carta tra le dita, sapendo che lo aveva toccato Pablo, rivedendolo nella sua calligrafia, vedendo il mio nome scritto dalla sua mano, mi fu fatale: rese reale, lì nel caos della vita che avevo lasciato, un sogno perfetto che poteva rimanere confinato nella dimensione irreale del paradiso siwano. Era lì. Era vero. Qualunque cosa ci fosse scritta, era un po' di Pablo che rimaneva con me.

"Siwa, 28 maggio 1995

Stanotte il cielo pare a lutto, senza stelle, tra queste mura di fango e sopra l'eco del ragliare degli asinelli sento il mio respiro rotto dall'angoscia.

Non so se mai ti rivedrò, Amore mio, e se così non sarà, oltre al dolore avrò il peso dell'errore. Non mi hai capito, no, stasera non hai capito il mio gesto, eppure un giorno mi ringrazierai, in cuor tuo, di non averti trattenuto, di aver fatto questa scelta, e io vivrò in funzione di quel momento, perché se così non dovesse essere... avrei effettivamente buttato via il più grande dono che questo Dio (ora so che esiste) mi abbia fatto: te.

Forse per te sarò solo colui che ti ha abbandonato, che ti ha deluso, eppure ti apparterrò per sempre, perché sei tu che mi hai dato nuova vita, mia sorgente nel deserto, raggio di sole che squarcia anni di nuvole nere!

Gibran ha scritto: "...donerete ben poco se donerete i vostri beni. È quando fate dono di voi stessi che donate veramente". Vorrei donarti un po' di me, sotto questo cielo che di sicuro ci unirà sempre, ovunque ci porterà la vita.

Un regalo a te, che sei stata per me uno dei regali di Siwa, un frutto di Siwa, un fiore chiuso che è sbocciato, mi ha riempito di profumo e colore ed è durato pochi giorni... con i fiori, si sa, è così.

Ho passeggiato solo un po' nella tua vita e ho avuto la sensazione di poterlo fare per sempre, di poterti appartenere come tu apparterrai a ogni mio sogno, da ora in poi. E cosa posso veramente donarti? Solo vane parole che si rincorrono, che dicono e non dicono, che sperano e non vorrebbero sperare, che vogliono offrire ma alla fine chiedono, quasi implorano di ritrovare quel profumo e quel colore... quel fiore. Chiudo gli occhi rievocando il "mio" fiore.

Ti sto lasciando andare, Maya, forse sono un pazzo! A occhi chiusi il fiore di Siwa è ancora mio, è ancora fresco, e senza fare rumore le mie parole stanno ancora passeggiando nella tua vita, sulle tue labbra, sotto un cielo incredibilmente stellato. A occhi chiusi ho il tappeto volante che cercavi la sera che eri stanca di camminare, quando ti portai tra le mie braccia per un tratto, dolcissimo inconsistente peso che mi metteva le ali... È più folle credere in questo amore o non credergli, in nome di ciò che è giusto? Cosa potrei fare per riaprire gli occhi e vedere ancora tutto questo? La vita come non ho mai avuto il coraggio di sognarla. Ecco, ti regalo il mio sogno: in questo strano maggio sahariano, in cui a volare sono fiori e tappeti, ti regalo il mio *sogno. Quello di un Giorno che ritrova la sua Notte e diventano un tutt'uno, perché la vita in fondo, è fatta di questo, di Giorno e Notte, come di estati e inverni, terra e cielo, musica e silenzi, tasti bianchi e tasti neri... ed è sempre l'armonia tra loro che crea la completezza, così come noi ci completavamo, come noi ci riempivamo... È tutto ciò che posso lasciarti di me, il sogno, la libertà di vivere la tua vita così come la desideravi, così come la stavi costruendo. Vivrai nei miei respiri, scorrerai nelle mie vene, sarai nelle preghiere al Dio che mi hai permesso di conoscere, sarai nell'acqua che berrò, nel sole che mi scalderà, nel vento che mi passerà tra i capelli e sarai nella mia musica, nella tua musica, la mia musa ritrovata! Grazie per la vita che hai rimesso nelle mie mani, per la speranza che mi hai insegnato con la tua semplicità, con la tua trasparenza, col tuo amore sincero, per la pace che mi hai fatto assaporare, per la gioia e l'emozione dei baci, goduti come mai nella vita mi era capitato... Maya, io sono rinato, con te, e il minimo che possa darti in cambio, è questa libertà. Io farò ciò che è giusto.*

Tu che ami startene seduta sulla riva del mare sai bene che le piccole pietre levigate brillano come oro e gemme preziose, ma solo se stanno lì, sotto le carezze dell'acqua che ravviva i loro colori, sotto i raggi del sole che le fa risplendere. Viene voglia di prenderle, portarsi via i frammenti di quell'immenso che non possiamo conservare. Ma tolte da lì, perdono la magia e non si riconoscono più. Brillano ancora per un attimo nella tua mano bagnata, poi si spengono come stelle all'alba. Quasi niente è come sembra. Dipende. Dipende da chi guarda. Dipende dalla brama.

A volte la bellezza esiste se si è disposti a guardarla senza possederla, senza stringerla tra le mani. Il mare, il cielo, la luna, sono nostri solo se accettiamo di non possederli. Il fiore che viene colto, muore; le belle pietre sulla riva, via da lì, si spengono. Zerzura... Zerzura a cielo aperto, davanti a tutti, non brillerebbe come brilla nel sogno di chi la cerca.

Il deserto, come il mare, è nostalgia che ingoia, è memoria della pelle, canzone della mente, infinito negli occhi, miopi, chiusi, nel buio dell'inverno, nel freddo della lontananza, nell'angoscia della vastità. Conservo tutto, lasciando.

Buona vita, Amore mio, sii felice, la mia Zerzura per sempre: io so che ci sei, che esisti, splendida e rifulgente di luce e pietre preziose nel deserto del mondo. Averti intravisto, sapere che ci sei, mi basterà a considerare questo vecchio mondo uno scrigno che custodisce il mio tesoro.

Pablo Karim"

Questo pezzo di carta esiste ancora ed è logoro per quante volte è stato tenuto in mano, chiuso, riaperto, per le lacrime che ci sono cadute sopra. Prima di partire l'ho riaperto dopo anni, come una reliquia. Inutile dire che avrei potuto recitarlo senza riaprirlo, dato che queste parole ce l'ho incise dentro, una a una.

La vita è andata avanti, da che sembrava perfetta e realizzata, è diventata una beffa, una serie di inciampi del destino. Ora sto bene, sono contenta e serena con gli zii al Veliero, vicino al mio mare, immersa nel presente e nei suoi doni, consolata dalle pagine di centinaia di bei libri, coccolata dalla bellezza che mi circonda, libera, tranquilla, aperta. Ho i miei ritmi semplici, i miei tramonti e i sorrisi dei bimbi che vengono in libreria ad ascoltare le favole. Io ce la misi tutta per capire e non capii, per ritrovare Pablo, e non lo trovai. Lui non ha mai voluto che lo trovassi, altrimenti, con tutti gli amici che abbiamo in comune, avrebbe potuto farmi avere almeno notizie. Per questo ho smesso di cercarlo. Poi ho smesso anche di aspettarlo. Infine ho smesso di ricordarlo, relegandolo nei meandri più nascosti del cuore.

Tornai quanto prima in Italia per sbrigare tutte le scartoffie burocratiche necessarie a regolarizzare la mia posizione in Palestina. La sorta di contratto che mi offriva l'Organizzazione non governativa che aveva accettato il mio progetto lo avrei firmato a destinazione, dopo aver presentato i documenti richiesti. Ebbene, mia madre mi sentiva tossire e non le piaceva la mia tosse. Pensavo che si trattasse di un'ansia materna pre-partenza, ma lei non ebbe pace finché non mi feci controllare dal medico. Medico preoccupato: radiografie, polmonite. Avevo un po' di febbre da qualche giorno ma la attribuii al cambiamento d'aria; avevo lasciato in Egitto temperature estive e a Roma era in corso una piovosissima e tarda primavera, tutt'altro clima. Mi prese un colpo. Presi tempo, pensai di farmi dare una terapia e partire lo stesso, invece fui addirittura ricoverata e nessuno si sbilanciava sui tempi di prognosi. Non ci potevo credere: in pochi giorni ero passata dalle stelle alle stalle, come si suol dire, facendo un tonfo che mi sprofondava ben sotto la terra della stalla! Nel giro di pochissimo la ONG ritirò la sua offerta e valutò il progetto di qualcun altro mentre io guardavo crollare a pezzi la mia vita da un letto di ospedale. Tutti dicevano che era stata una gran fortuna accorgersi della malattia prima di partire, che se fossi stata già a Gaza sarebbe stato un grosso problema, tutti sembravano sapere cosa fosse meglio per me e per il mio futuro, mentre in un colpo solo non soltanto perdevo l'occasione di andare in Palestina ma lasciavo anche l'Egitto e il mio lavoro lì, a tempo indeterminato e non previsto, per stare sotto le ali protettive di "mamma Italia".

Nel periodo che trascorsi in ospedale per la polmonite non ebbi la fortuna di fare amicizie, e non ero assolutamente predisposta a comunicare. Ero troppo giù. In parte ho anche rimosso quel periodo, che credo sia stato il peggiore della mia vita. Dopodiché mi sono un po' adagiata, un po' per autodifesa, per paura di tornare a soffrire, e un po' per mancanza di motivazione.

Fu un grandissimo smacco perdere il posto nella ONG, soprattutto dopo aver ricevuto quell'opportunità in un momento così particolare e mi sono torturata a lungo chiedendomi come sarebbe proseguita la mia storia con Pablo se solo non mi avessero chiamato proprio in quei giorni. Lo so, lui aveva appena iniziato il suo percorso di recupero di fiducia nella vita, aveva appena aperto gli occhi su se stesso e sulle sue radici. Aveva addirittura capito di poter pregare un Dio che era lo stesso dei cristiani e dei musulmani e di chiunque altro, ma che era anche il suo e solo suo. Ma io avrei potuto rimanergli accanto, avremmo proseguito per mano, insieme, e sarei cresciuta con lui. Avevo poco più di vent'anni, in fondo, avevo anch'io il mio percorso da seguire.

E invece mi sono fermata, sembra. Non ho avuto storie edificanti. Non le ho cercate, non le ho volute, non ci ho più creduto.

Solo di recente ho riacquistato un po' di fiducia in me stessa. Subentrare a mia cugina Lorena fuggita a Cipro con il suo ragazzo tatuatore e iniziare così il lavoro in libreria al suo posto mi ha riempito di piccole gioie genuine e di voglia di orizzonti aperti. Ho conosciuto gente nuova, ho fatto qualche amicizia, mi sono raccontata a zio Michele che è riuscito a farmi riaffrontare anche i ricordi più dolorosi e in qualche modo sono riuscita a guardarli in faccia. Mi ha fatto bene. Non sarei qui, altrimenti, adesso.

A proposito... ma che ore sono?

Non è che ho perso l'aereo e non me ne sono neanche accorta?

Guardo il telefono per vedere se ci sono chiamate. Non ce ne sono. Chiamo io Shirley, mi sembra di essere lì fuori da una vita!

"Shirley, sono Maya... ci sono novità? Io sto rientrando, dove siete?".

"Oh, Maya! Stavo per chiamarti! Vieni, siamo al gate 21, ci hanno radunato e attendiamo comunicazioni imminenti, sbrigati!".

Come risvegliata dal torpore mi rinfilo nel 2006 e nei corridoi dell'aeroporto Leonardo da Vinci fino ad arrivare al gate 21 praticamente correndo. Ecco i miei cari Antonio e Shirley.

"Maya, dicono che il nostro volo è soppresso, forse l'aereo non può volare... e che ci divideranno nei prossimi due voli diretti al Cairo in cui ci sono posti disponibili. Pare che prima faranno imbarcare le famiglie con bambini e le persone anziane, poi gli altri" – mi ragguaglia la signora in rosa. "Allora ci divideranno, che peccato!" – "Davvero! E questo mi dispiace molto... mi hai lasciato a metà con la tua storia e non credere che sia disposta a rimanere piena di interrogativi, ragazza mia! Altrimenti come farò a godere dei frutti del tuo viaggio in Egitto?".

Rido pensando a tutto ciò che mi è scorso nella mente in quell'oretta che sono rimasta fuori da sola e che non potrei mai ripetere a Shirley, adesso. Non so tra quanto tempo lei e il marito si imbarcheranno, forse devono tenersi pronti. Potremmo comunque rivederci al Cairo, a me farebbe tanto piacere, o, senza dubbio, qui in Italia. Senza contare che in Italia ci siamo ancora. In un limbo chiamato aeroporto. Ricomincio a mandare sms ai vari interessati per comunicare le novità (cioè che sono ancora dov'ero prima) e qualcuno si innervosisce. Non io. Questo stato di involontaria stasi mi salva da qualunque ansia.

Riassumo brevemente la storia a Shirley. Le dico dei meravigliosi giorni con Pablo al Cairo e del ritorno a Siwa, della notte magica alla sorgente, e lì giuro di averla vista arrossire, la mia amica romantica, benché non mi sia certo dilungata in particolari! Le racconto la leggenda del Giorno e la Notte e delle parole del nonno Karim. Mi soffermo sui dettagli del caffè, della lettura del fondo, della rottura della tazza azzurra e di come il vecchio l'abbia riparata riplasmando un materiale simile all'argilla. Lei è estasiata dai miei racconti e io cerco di restarne distaccata, di esserne uditrice proprio come lei, ma senza usare le sue esclamazioni. Qualcuno che è in attesa con noi la guarda incuriosito e di certo si chiede cosa le stia raccontando di così sorprendente. Ma il vero stupore, l'incredulità, per meglio dire, arriva quando le racconto cosa accade subito dopo: la chiamata dalla ONG, la rottura, il distacco, la lettera e per finire, la polmonite! Shirley è senza parole. Mi viene quasi da ridere a vederla così emotivamente coinvolta, tenera signora… Non sembra farsene una ragione. "Shirley… pensi che a me ci sono voluti anni! E ancora non sono sicura di aver archiviato la cosa" – "È per questo che stai andando, per l'eclissi di sole, non è vero? Verso la fine del mese ci sarà l'eclissi! Oh mio Dio, potrebbe essere il momento della verità!".

"Sì, lady Shirley, è così. Quando mio zio Michele, che in ospedale condivideva la stanza con un professore appassionato di astronomia malconcio quanto lui, ha sentito la storia del remoto appuntamento ipotizzato da Pablo, sapendo dell'imminente eclissi di sole si è messo in testa che assolutamente dovevo andare a Siwa. Il bello è che mentre io mi confidavo con lui come in un confessionale lui raccontava appassionatamente la mia storia al compagno di stanza nonché a medici e infermieri che evidentemente non avevano vite proprie altrettanto interessanti di cui occuparsi! Sono stati proprio loro a mettere insieme i soldi per comprarmi il biglietto aereo per il Cairo in modo che non avessi scuse per rifiutare l'opportunità. Mi sono sentita così in imbarazzo!". Shirley ride e applaude come una bambina, divertita da questo siparietto alla "libro Cuore" che approva e sostiene.

"Che belle persone che hai intorno, Maya! Che bel regalo! Se Pablo non dovesse essere a Siwa per l'eclisse potrai comunque rivedere i tuoi amici e il tuo amato deserto. Devi scuoterti, in ogni caso, ragazza, no?".

"Sì, Shirley. Si può vivere serenamente e felicemente anche senza lo sconvolgimento che porta l'amore, ma ci vuole onestà: io stamattina mi sono guardata allo specchio e mi sono detta che sì, io voglio ancora amare ed essere amata, voglio tornare a sentirmi viva fino in fondo, voglio ancora indossare una perfetta poesia d'amore!".

Ma sa una cosa, Shirley? Credo di aver incontrato una volta Pablo Karim dopo quella fatidica sera in cui mi lasciò. Anzi, ne sono sicura, anche se non ci siamo visti. O meglio, lui ha visto me. L'ho chiamata "eclissi parziale".

"Dopo che mi fu diagnosticata la polmonite passarono sei mesi prima che mi potessi muovere da casa dei miei.

A quel punto non mi servivano più né documenti né vaccinazioni né niente. Avevo perso la mia occasione. Ovviamente mi rimisi in lista e per un po' restai in attesa di una seconda opportunità. Al Cairo avevo lasciato l'appartamento e il lavoro all'Università Americana. Tutte le mie cose erano da Nura. Doveva essere una sistemazione temporanea: tornando dall'Italia sarei ripassata dall'Egitto e avrei sistemato tutto. Invece erano passati sei mesi, sei mesi d'inferno, e tutto era rimasto come in sospeso.

Fu proprio la mia amica Nura che mi spinse a tornare al Cairo, dopo la polmonite e il resto. Lei sapeva tutto, era l'unica al corrente di ogni dettaglio, e sapeva anche che avevo bisogno di tornare nei luoghi che avevo lasciato troppo repentinamente. Avevo bisogno di lei e di ritrovare me stessa lì dov'era la mia vita prima della malattia.

Partii a febbraio, appena finito il mese di Ramadan. Nura venne a prendermi all'aeroporto e riabbracciarsi fu bellissimo. Poter stare in silenzio e sapere di essere completamente comprese e amate, che gran toccasana per l'anima! La città era vestita a festa e per le strade c'era allegria. Famiglie vocianti festeggiavano la fine del mese sacro e case e palazzi brillavano di luminarie. Noi però avevamo programmato di stare al Cairo il meno possibile, per via dell'aria irrespirabile, e di trascorrere qualche giorno in un'oasi, ma Nura pensava che non fosse il caso di tornare proprio a Siwa. Optammo per Bahareya, altro sito meraviglioso, con sorgenti di acqua calda e caldissima in cui fare bagni stupendi anche di notte, sotto le stelle, con una temperatura esterna piuttosto rigida in quella stagione: un altro angolo di paradiso sahariano, indubbiamente un'ottima idea. Chiamai Abdallah, gli raccontai le mie vicende, e mentre parlavo sapevo che quelle notizie avrebbero potuto arrivare alle orecchie di Pablo, in qualche modo. Magari tramite il nonno, magari tramite Abdallah stesso… chiesi. Lo ammetto, chiesi se Pablo fosse a Siwa, ma mi fu detto di no, che era partito pochi giorni dopo di me e che era tornato a trovare il nonno un mesetto prima, trattenendosi solo due giorni. Secondo Abdallah doveva essere al Cairo e la brevità della sua visita gli faceva supporre che avesse un lavoro, quindi poco tempo libero. Già, ma dove? Non seppe dirmi altro. Mi disse solo che nella rapida visita suonò a lungo il pianoforte e tutti, al villaggio, ne parlavano col sorriso sulle labbra. Che bella cosa la musica… è come un vento che accarezza tutti.

Queste poche notizie bastarono ad emozionarmi moltissimo. Se Pablo fosse stato al Cairo avrei potuto incontrarlo per caso per strada! Nura smontava le mie infantili ipotesi ricordandomi che la città contava circa diciassette milioni di abitanti e che non era impossibile, ma nemmeno probabile incontrarlo. Inoltre avevamo programmato solo tre giorni al Cairo prima della mia partenza, sempre per il problema dell'aria. Una sera avremmo fatto una festa per radunare tutti gli amici da rivedere e un'altra sera ce ne saremmo andate al teatro dell'Opera come eravamo solite fare quando vivevo lì. Nura aveva preso i biglietti per uno spettacolo italiano, tra l'altro. Si intitolava "La musa ritrovata" e sentire queste parole mi fece inevitabilmente pensare a Pablo, a quando diceva che ero io la musa ispiratrice che aveva ritrovato per ricominciare a suonare, l'aveva scritto anche nella lettera. In realtà ogni angolo, ogni parola, ogni emozione, ogni stella in cielo mi faceva pensare a lui. Quando si è innamorati, ogni atomo esistente è un pretesto per pensare all'amato e si è così ridicoli da chiamarle coincidenze. Tutte coincidenze! Vediamo fuori quello che abbiamo dentro.

Io e Nura ci divertimmo a prepararci vestendoci da sera, cosa che al Cairo non ci capitava se non per andare a teatro, o a qualche festa dell'Ambasciata italiana, e questo faceva parte del bello della serata. Ci truccammo vistosamente, quasi come se le attrici ad andare in scena fossimo noi!

"La musa ritrovata" era uno spettacolo divertente, un fantasioso e fantastico viaggio tra le arie d'opera e di operetta più famose compiuto da Gioacchino Rossini e una giovane signora che fa le pulizie in teatro. È Rossini che ha perso l'ispirazione e finisce per ritrovare nella giovane inserviente la sua musa, mentre le narra le più struggenti storie d'amore raccontate in musica, parole e danza. Lei, Angelina, dai modi spicci, intelligenza pratica e scarsa cultura, riesce comunque a conquistarlo con la sua semplicità e con lo stupore che inevitabilmente la tocca all'ascolto di tali racconti. Le conversazioni tra Rossini e Angelina erano alternate ai balletti e alla lirica e il tutto scorreva piacevolmente in una giostra di emozioni. Forse io avevo accumulato stress e fragilità che non si erano ancora potute esprimere, perché credo che tra risate e pianti, nessuno abbia versato, nel pubblico, più lacrime di me!

Violetta, dalla Traviata di Verdi, col suo "Addio, del passato…" mi dette la prima mazzata in testa:

Addio, del passato bei sogni ridenti,
Le rose del volto già son pallenti;
L'amore d'Alfredo pur esso mi manca,
Conforto, sostegno dell'anima stanca
Ah, della traviata sorridi al desìo;
A lei, deh, perdona; tu accoglila, o Dio,
Or tutto finì.
Le gioie, i dolori tra poco avran fine,
La tomba ai mortali di tutto è confine!
Non lagrima o fiore avrà la mia fossa,
Non croce col nome che copra quest'ossa!
Ah, della traviata sorridi al desìo;
A lei, deh, perdona; tu accoglila, o Dio.
Or tutto finì!

Lei, che per amore è pronta a lasciare il suo vero e unico Amato, Alfredo, mi fece pensare al gesto di Pablo nei miei confronti. Lei, Violetta, lo lasciò mentendogli, per proteggerlo e prendersi la colpa, perché lui soffrisse il meno possibile. Lei, consapevole di non potergli dare ciò che avrebbe voluto, con la libertà e la spensieratezza che il loro amore avrebbe preteso, di non essere all'altezza di un radioso futuro, a causa del suo passato…

Almeno Pablo era stato sincero. Io non lo avevo apprezzato, ma il suo gesto mi appariva già meno terribile, calata com'ero in quell'atmosfera struggente. In più Violetta era malata e prossima alla morte, tragedia nella tragedia, per amore rinuncia volontariamente all'amore, mentre la vita le scivola via.

Come avrei potuto non rovinarmi il trucco? Rimasi scossa per un po', mentre le simpatiche battute di Angelina e Gioacchino si alternavano con la Carmen di Bizet, la terribile sorte di Madame Butterfly, e poi Pagliacci, Rigoletto... una tragedia dietro l'altra, consumate in nome dei più alti sentimenti che si scontrano con le bassezze umane, ricordandoci che per Amore si vive e per Amore si muore; null'altro dà senso a una vita terrena se non l'Amore, corrisposto o non corrisposto, consumato o no, compreso o incompreso, lecito o illecito, purché sia totale, assoluto.

Nel momento in cui si riaccesero le luci per l'intervallo, Nura, che pure aveva gli occhi lucidi e le gote rosse, scoppiò in una fragorosa e liberatoria risata guardandomi, e mise subito mano alla borsetta per rimediare allo sfacelo del mio tanto studiato make up! Era ormai un "make down", disse, ma mi rimise a nuovo in un attimo.

Nel palco insieme a noi c'erano una coppia di mezza età e un altro giovane uomo; nordici, biondi e freddi, non ci fu comunicazione se non il minimo che il galateo impone. Non si lasciarono coinvolgere dalle nostre risate e dalle nostre esclamazioni. Mentre ce ne stavamo lì a commentare, senza lasciare il palco né le nostre poltrone, i musicisti accordavano gli strumenti, producendo quei suoni senza melodia che fanno comunque parte dell'atmosfera magica di concerti e spettacoli. I violini in cerca di intonazione danno quel senso di attesa, di inizio imminente che accresce l'emozione e non disturbano affatto, pur non essendo, quella che ne esce, musica.

Ebbene, in un certo senso, ciò che disturbò, diciamo, il mio sistema nervoso, fu proprio l'accenno di una melodia al piano. Credo che nessuno l'abbia notata, tra il chiacchiericcio e i violini in cerca di accordo, ma a me giunse come una freccia dritta in mezzo al cuore. Non furono che poche note, forse due battute, ma bastarono a farmi balzare in piedi, come impazzita. Nura mi chiese cosa fosse successo e io seppi solo rispondere: "Pablo è qui!". Quelle che avevo sentito erano le note iniziali della composizione che aveva scritto per me, di cui non avevo potuto nemmeno sentire la fine, visto che lui non l'aveva ancora conclusa quando ci separammo. Ma la melodia l'avevo ben chiara in testa, a volte mi tormentava di notte, ricordandomi che quello nostro era stato amore e che non mi ero sbagliata. Solo lui poteva conoscere quel motivo. Ah! La musica e l'amore! Che accoppiata! Lui doveva essere lì. "Vado!".

"Dove vai?" – fece per riprendermi, Nura, tra le facce immobili dei biondi compagni di palco. "Pablo è qui, Nura, lo capisci? Mi ha chiamato, ha voluto che lo sapessi, devo trovarlo!". Corsi giù, non sapevo esattamente dove dirigermi, e l'intervallo stava per terminare. Istintivamente cercai di raggiungere l'orchestra, dato che la melodia era venuta da lì. Correvo come un'anima in pena tra gli sguardi un po' seccati delle persone che cominciavano a riprendere posto. Ne spintonai qualcuna, avevo i tacchi, mi muovevo male, ma velocemente, senza sapere come arrivare ai musicisti. Mi fermavo di scatto pensando che in realtà, visto che non aveva suonato altro che poche note, doveva essersi spostato di là, magari anche lui mi cercava... ma il teatro dell'Opera del Cairo è immenso, e quella sera mi apparve come un labirinto insidioso. Ero in preda a una frenesia che somigliava al panico, ogni secondo che passava. Si abbassarono le luci, invito a riprendere rapidamente posto. Non potevo tornare alla mia poltrona come se niente fosse. Stava accadendo davvero o mi ero sognata tutto per via di una fortuita combinazione di note? Mi sentii a tratti un'idiota, a tratti disperata, a momenti felice, ma le luci si spensero e fui invitata dal personale del teatro a tornare al mio posto. La risposta più realistica e rassicurante che potevo dare a me stessa era che avevo preso un abbaglio e che Pablo non poteva essere lì. Se avesse voluto vedermi o incontrarmi avrebbe potuto farlo in maniera più "classica" e sicura tramite i comuni amici.

Tornai da Nura, lo spettacolo era ripreso e la musica riuscì a placare la mia agitazione come una carezza dolce e un'anima comprensiva che mi coinvolgeva tra gli spiriti più innamorati e al contempo feriti dalla sorte avversa.

Eppure "La musa ritrovata" ha il lieto fine insito nel suo stesso titolo: Gioacchino Rossini aveva perso la sua musa e la ritrovò in Angelina, che ispirerà la sua "Cenerentola". Si concluse con il festoso Brindisi della Traviata, come un inno alla vita, all'amore che trionfa, e io volli prenderlo come un augurio, un buon auspicio, e il lungo, sentito applauso rese le mie mani roventi almeno quanto la musica aveva reso rovente il mio cuore. I nordici avevano assistito a un gratuito spettacolo nello spettacolo e non ne erano nemmeno coscienti.

Io e Nura ce ne andammo silenziose, tenendoci a braccetto per non barcollare con tacchi assolutamente inadatti sui marciapiedi scomposti e irregolari di Zamalek e prendemmo il primo taxi verso casa. Ma non era notte da stare al chiuso: ero di nuovo al Cairo, dove non è mai notte, ed ero su di giri a livelli indescrivibili; ci cambiammo e uscimmo di nuovo.

Avrei riconosciuto la strada che porta a Khan El Khalili ad occhi chiusi. Il cavalcavia e l'inebriante profumo di spezie indicavano che c'eravamo. Ricordo fervidissimo di quel miscuglio di odori penetranti che tutto a un tratto copre smog e polvere introducendoci in quel magico angolo di Cairo fatto di stradine strette come corridoi che si incrociano e si inoltrano chissà dove come meandri ornati di ori, tessuti colorati, papiri, paccottiglia per turisti e tanta, tanta umanità. Andammo al Fishawi, l'antico caffè nominato e frequentato da scrittori e poeti, un classico, un posto in cui il tè alla menta ha una sfumatura di sapore in più, il fumo delle shishe alla mela annebbia l'aria e il riflesso degli enormi specchi sulle pareti mischiando il suo profumo a quello della menta e della vita pullulante.

Lì il personale frastornamento si fondeva con tutto il resto trovando un equilibrio. Bisognava solo rimanerci, e non era possibile, ma per quel po' che ci restammo fu dolce come un'amaca, lenitivo, calmante. Anche il tempo, ai tavoli del Fishawi, si dilata e si prende una pausa. Riuscii ad abbandonare il pensiero del teatro, ad accettare quel presente perfetto e quella notte dormii beatamente.

> "*Nella cupa notte, vola un fantasma iridescente, s'alza e spiega l'ale sulla nera e infinita umanità.*
> *Tutto il mondo l'invoca e tutto 'l mondo l'implora.*
> *Ma il fantasma svanisce coll'aurora, per rinascere nel cuore.*
> *Ed ogni notte nasce ed ogni giorno muore.*"

Giacomo Puccini

Poi partimmo.

Io e Nura passammo dei giorni nella pace assoluta, libere di parlare, ripercorrere ricordi, fare ipotesi, considerazioni, progetti, ma anche un mucchio di risate! Che bisogno che avevo di ridere e alleggerire il cuore! Che benedizione del cielo gli amici! La bella sorpresa, bellissima, fu l'incontro con Amir, il mio amico "principe del Sahara"! Abdallah gli aveva detto che sarei stata a Bahareya e lui venne apposta da Siwa per rivedermi. Ne fui così felice! Cercai di non parlare di Pablo, ma fu lui che, guardandomi, una sera, disse: "Quel musicista... L'unico uomo che ha trovato Zerzura e l'ha lasciata andare..." Io ebbi un brivido, ma sdrammatizzai rispondendo: "Amir, io sono convinta che tu abbia fatto lo stesso... tu sai dov'è Zerzura, lo so, ti brilla negli occhi, eppure non lo riveli, non la sveli... così è tutta tua, ma chiunque può sognare ancora di trovarla, tra le sabbie, e questo può realmente accadere". Mentre parlavo mi resi conto che ciò che dissi valeva anche per me: qualcun altro avrebbe potuto conquistare il mio cuore, anche se Pablo mi custodiva nel suo.

Amir sorrise senza dire altro. Ci stendemmo a pancia in su a sentire il respiro della terra e a guardare le stelle, facendoci sabbia, facendoci stelle... e mi sentii allora finalmente guarita, guarita da tutto, granello di universo in armonia con la natura.

Tornammo al Cairo veramente rigenerate, nonostante il viaggio fosse stato un po' pesante. Una bella dormita e un'ottima colazione cancellarono ogni residuo di stanchezza e a quel punto era ora di pensare alle faccende pratiche: selezionare la roba da tenere, distribuire agli amici quella che non avrei portato con me, sia di oggetti che di vestiti. Compito arduo per la mia natura. Avrei tenuto tutto, avrei trasferito il mio piccolo mondo egiziano in Italia, tazze, tappeti, teiere, tende, le mie belle lampade di terracotta comprate ai forni del Fustat... Tutto, volevo portarmi via tutto, anche se avendo viaggiato tanto so per esperienza che niente di ciò che viene "trasferito" conserva la sua magia, e la nostalgia non si vince con gli oggetti, anzi. Nemmeno il tè ha lo stesso sapore che ha lì, benché solo l'acqua sia diversa. "E l'acqua ti pare poco?" – mi diceva Nura riferendosi al significato del mio nome, "L'acqua fa la differenza!". E mi strizzava l'occhio, dolce amica mia, la parte di me che rimaneva in Egitto. Io e lei ci volevamo e ci vogliamo talmente bene che saperla lì un pochino anche per me, era ed è una consolazione. Solo di un anno più grande di me, Nura era molto più saggia e pratica: viveva da sola da cinque anni, mantenendosi col suo lavoro. La sua famiglia, copta, piena di fede, abitava in una parte molto periferica della metropoli, una città a sé chiamata "Sei ottobre" per via del lavoro di suo padre, ma lei aveva studiato all'Università Americana e fin da subito aveva preferito rendersi indipendente e vivere a Zamalek, l'isola "bene" del Cairo.

Io sceglievo, ricordavo e raccontavo; mettevo da parte, spostavo, riprendevo, rimuginavo. Nura mi viziava, mi preparava l'om-ali, il sahlab, lo riempiva di dolcezze perché ero sciupata, diceva. La mattina mi faceva trovare la eshta per colazione: valeva la pena alzarsi dal letto anche solo per quella! E mi bastarono quei pochi giorni in Egitto per aumentare di tre chili! È vero, dovevo tornare in Italia, ma quella parentesi segnava come un sigillo la mia guarigione, almeno per il corpo.

Mentre gustavo il mio denso e profumato sahlab con fettine di banana, cannella, semi di sesamo e noccioline, seduta per terra, circondata di bagagli e scatoloni, arrivò, inattesa, una telefonata di Mido. Ovviamente rispose Nura e dalle sue parole, in arabo, non potevo capire che si trattasse di lui. Poi lei disse: "Aspetta un attimo che glielo chiedo", coprì con la mano la cornetta e sottovoce mi disse, tutto d'un fiato: "Senti, Maya, ecco... Pablo è stato a casa di Mido la settimana scorsa, probabilmente quando noi eravamo all'Opera; ti ha scritto una lettera, ma l'ha buttata. Mido l'ha trovata oggi nel cestino, ha capito che era per te e anche se Pablo probabilmente non vorrebbe, visto che l'ha buttata, dice che è giusto che tu lo sappia. Che gli dico? La vuoi? Te la senti? Non sappiamo che c'è scritto, eh...".

Fu una raffica di parole che dovevo rimettere in ordine. Già sentire la parola "Pablo" era sufficiente a confondermi. E poi "lettera", "casa di Mido", "buttata", "la vuoi?" Nura si rese conto e disse a Mido: "Abbi pazienza, ti richiamo fra poco".

Forse è stata l'unica volta della mia vita che non ho finito un bicchiere di sahlab. Mi si chiuse lo stomaco, prima al pensiero che Pablo fosse stato davvero presente al teatro dell'Opera, che fosse rintracciabile mentre io stavo ormai partendo, poi pensando a ciò che poteva avermi scritto. Ovviamente pensai che mi rivelasse di essersi fidanzato o qualcosa del genere, non poteva essere nessuna buona notizia, altrimenti non avrebbe buttato la lettera! Nura richiamò Mido pregandolo di venire quanto prima a portare questa lettera e lui, carinissimo, si precipitò. Avevo il cuore a mille, lui l'aveva visto, lui poteva dirmi come stava, se lavorava, se abitasse in Egitto o dove. Ero in fibrillazione prima di vedere Mido, ma non so dire in che condizioni avessi il cuore dopo, dopo aver letto.

"Com'eri bella, amore mio... sapevo che ti avrei visto lì, l'ho saputo da mio nonno, prima di lasciare il Cairo per andare da lui a Siwa, e io non ho resistito. Ti ho guardato per tutto il tempo e riuscivo a scorgere la tua emozione. Era come se la musica mi attraversasse per arrivare a te, densa dei miei pensieri. Non ho resistito, ho raggiunto il pianoforte, ce n'era uno lì da una parte, sembrava mi chiamasse, e ho affidato a quelle poche note il mio messaggio per te. So che l'hai raccolto, ne sono certo, e quella certezza, che per un momento mi ha fatto sentire unico al mondo, allo stesso tempo mi ha fatto pentire per aver tradito in qualche modo il mio proposito di lasciarti libera... libera anche di dimenticarmi. Fortunato l'uomo che avevi accanto, fortunato se gli hai donato il tuo cuore: mi auguro che si renda conto di quale gemma preziosa il Cielo gli abbia dato in custodia. Ancor più mi auguro che tu sia felice perché peggio che saperti con un altro sarebbe per me saperti infelice. Immolare la propria vita a qualcuno non vuol dire necessariamente amarlo.

Ma tu resti il mio primo pensiero al risveglio, sole che sorge, arancia rossa nella foschia fatata dell'alba; sei l'inizio e la fine, il tramonto dei miei pensieri, quando il giorno lascia il posto alla notte lasciando a una ad una le dita delle sue mani, baciando i miei occhi nel sonno, danzando su fili di musica e sui battiti del mio cuore. Maya... tu esisti davvero, non sei stata un sogno nell'ebbrezza di Siwa, tu cammini sulle strade del mio stesso mondo e lo rendi speciale, prezioso, come le perle che avevi al collo, al teatro, come le gocce di silica glass che dal cielo sono venute a baciare le sabbie dorate del deserto, come l'acqua che nutre le palme e rende succosi i datteri. Com'eri bella, amore mio..."

Quella lettera accartocciata fu una vera mazzata in testa. È vero, soffrii nel sapere che avrei potuto vedere Pablo, al teatro, ma rimasi di sasso realizzando che aveva scambiato il biondo imbalsamato che era nel palco con noi per un mio compagno! Pablo pensò che avessi un altro uomo! Ma come avrei potuto?! Davvero non aveva capito cosa provavo per lui? Ma sul serio aveva potuto pensare che in pochi mesi i miei sentimenti potessero cambiare così? E se il biondo non fosse stato lì vicino? Lui mi avrebbe raggiunta? Sarebbe bastato incrociarlo per le scale, in un corridoio... lui aveva visto me, io potevo aver visto lui.

Invece di scrivere la lettera avrebbe potuto chiamarmi, fermarmi, tornare sui suoi passi, avremmo potuto parlarci da persone civili, io l'avrei accolto come la più grande delle benedizioni, ma non lo fece. Allo stesso tempo, però, con le parole scritte che credette di eliminare gettando il foglio nel cestino, riuscì a mettere un sigillo a ceralacca sul mio cuore perché se è difficile dimenticare un amato che non ci vuole più, è praticamente impossibile dimenticare qualcuno che ci ama ancora in quel modo e che per di più ci crede ormai di qualcun altro. Nella mia testa i giorni a Siwa erano diventati come uno di quei film che non ci si stanca mai di riguardare, con tanto di "fermo-immagine" sui momenti più belli, sugli abbracci, sui baci, compreso l'ultimo, quando non sapevo ancora che sarebbe stato l'ultimo. Dovevo fargli sapere che non ero fidanzata, non ero innamorata se non di lui, dovevo dirgli che lo volevo ancora, con tutta me stessa! E dovevo pensare che mentre noi eravamo a Bahareya lui era a Siwa?

Me la presi con Mido, lo strapazzai, lo riempii di domande a cui non sapeva rispondere: non seppe dirmi dove viveva Pablo, dove fosse andato, se aveva un telefono… Disse che era tornato a Chios e che era passato dal Cairo solo perché era stato a trovare il nonno a Siwa. Le sue visite erano sempre fugaci. Disse anche che non gli aveva detto che sarebbe venuto all'Opera né gli aveva parlato di lei. Piuttosto aveva nominato Eleni, ma durante il loro breve incontro era stato lui, Mido, a raccontare di sé, del suo dottorato e dei suoi progetti per il futuro. Solo in quel momento mi resi conto che mi stavo accanendo contro un ragazzo che aveva già fatto per me ciò che poteva, e cioè mi aveva fatto avere quella lettera.

Si era forse rimesso con Eleni? E che senso aveva avuto venire all'Opera solo per vedermi e lasciare che sentissi la nostra melodia? Del distacco che aveva voluto più di nove mesi prima era ancora convinto?

Talvolta una storia d'amore può concludersi con una notte di passione al posto della parola "fine", e per quanto dolce e sublime, si rivela una coltellata che affonda lenta, come l'arrivo di una morte che non riesce a compiersi, come se a morire volesse essere l'anima e il corpo si ostinasse a rimanere in vita, straziandola per non lasciarla sfinire.

Desiderare di non aver mai vissuto quella storia? Riavvolgere il nastro per un mesetto per non varcare quella soglia, per non squarciare quel velo? No. Non si può avere un rimorso del genere. Avrei avuto piuttosto un infinito rimpianto se in quel preciso istante della vita non avessi accettato un invito così bello ad amare.

Ecco. Per molto tempo il mio corpo ha continuato a vivere con l'anima straziata e logora, finché quella ferita non è diventata come un bellissimo ricamo, una parte di me così importante e cara da divenire una roccia nelle mie fondamenta, e ogni ora delle mie giornate si è poggiata lì sopra, fino a coprirla, proteggerla, prescindendo da essa nel vivere ogni nuovo rapporto, ogni emozione, ogni sentimento. Quante lacrime hanno nutrito quel fiore, non saprei dirlo. Forse il Nilo nella stagione delle piene, saprebbe. Ma come il Nilo porta la vita inondando la terra, le mie lacrime hanno fatto sì che quell'amore non morisse mai e mai benché fosse relegato tra i ricordi. Per questo parlarne è ancora così coinvolgente per me; racconto la nascita di una parte di me che ancora vive, nonostante tutto, e non fa più tanto male, nonostante tutto.

I primi tempi le schegge di tutta quell'esplosione di magico presente continuavano ad affondare nella mia carne e l'assenza di Pablo era per me talmente inaccettabile, impensabile, che ero certa che non sarebbe durata. Mi aspettavo di vederlo ricomparire, di sentire la sua voce di là dal telefono, di ricevere posta, notizie, un messaggio, un piccione viaggiatore! Mi aspettavo di girarmi e vederlo lì, col suo sorriso triste, lo sguardo profondo... mi sembrava di sentirne l'odore, il vento mi portava la sua voce, la sua musica... lo sentivo vicino, lo sentivo mio, non potevo credere che si potesse passare da tanto a niente in pochi minuti, in un giorno, in un anno. Non era morto, no. Allora non poteva svanire così. No, non lo credevo possibile, no, non aveva senso. I suoi discorsi potevano averlo convinto, lì per lì, ma non potevo non mancargli anch'io, non poteva non averci ripensato, non poteva non tornare indietro... sapeva, doveva sapere che l'avrei accolto, dovevano avergli detto che non stavo con quel gelido biondo, doveva immaginare che non avrei creduto al suo addio, doveva sapere, doveva aver capito che ciò che avevamo trovato tra di

noi era troppo importante per soffiarlo via come sabbia. E
così l'aspettavo. E nell'attesa, vivevo.

La mattina mi alzavo, lieta di poter sperare in un nuovo
giorno, ogni minuto era un minuto in meno di attesa, perché
di sicuro il momento in cui l'avrei rivisto si avvicinava.
Mangiavo, lavoravo, camminavo per strada, metropolitana,
traffico rumoroso, aria sporca, i ponti sul Tevere, la mia
casa... tutto appariva diverso, dopo Siwa, dopo Pablo, e tutto
era ovattato, in attesa. La sera andavo a dormire dopo aver
guardato il cielo, lanciando tra le stelle il mio muto richiamo,
certa che quel cielo sovrastasse anche lui, e giorno dopo
giorno il suo silenzio, il vuoto, diventavano più dolorosi e
disperati. Avrebbe potuto trovarmi, se avesse voluto, aveva il
mio recapito di Roma, aveva degli agganci a cui chiedere, ma
non lo faceva. Ogni tanto chiamavo Abdallah e tra una cosa
e l'altra gli chiedevo se Pablo fosse ripassato da Siwa, se suo
nonno avesse detto qualcosa, se qualcun altro della sua
famiglia si fosse fatto vivo. Disse che ogni tanto andava,
magari stava un paio di giorni, ma lo sapevano sempre dopo.
Una sorta di fantasma. Svanito. Ripensavo alla terribile
tempesta di sabbia e al momento in cui avevo cominciato a
distinguere la sua sagoma nel buio turbinare che avvolgeva
tutto; rivivevo la sensazione di sollievo e di gioia di quel
momento in cui svanì la paura e insieme al coraggio
tornarono le forze per resistere a quella prova. Nello stesso
modo mi figuravo la sensazione che avrei provato vedendolo
tornare da me, ricevendo un segno, un messaggio, una
telefonata, mia madre che mi diceva: "Ti ha cercato un certo
Pablo, gli ho dato il tuo numero di cellulare". Sempre più
spesso pensavo a quel momento, cercando di immaginarne i
particolari, e allora trasalivo allo squillo del telefono e mi
ritrovavo il cuore in gola. Accendevo il computer con i battiti
accelerati cercando nella posta il suo nome tra i mittenti.
Sapevo di ogni concerto pianistico in programmazione in

Europa e non solo, ma il suo nome non era mai tra i musicisti. Passarono anche i mesi, e i mesi diventarono anni, e la certezza iniziale lasciò il posto alla meno certa speranza. Anche la speranza, alla fine, si arrese all'evidenza e lasciò il posto alla rassegnazione, chiedendo in ginocchio pietà all'oblio perché intervenisse ad affievolire tanto dolore. Ho voluto dimenticare di averci sperato e di aver tanto atteso, e come le ho detto, Shirley, ho riposto l'amore come una gemma nello scrigno della mia anima, ma mi rendo conto che, pur sopito, non ha perso lo splendore né il valore, come brace che conserva il fuoco sotto la cenere.

Questa è tutta la storia. Forse mi ha fatto bene ridirla a me stessa, una fiaba come quelle che mi gusto in libreria nei giorni in cui il vento mi porta dal mare la malinconia. A volte sembra che le onde arrivino a riva con un velo di tristezza, senza fragore, senza schiuma bianca, ed è come una canzone. La brezza tiepida entra in libreria e accarezza i miei capelli. Io socchiudo gli occhi e lascio che volti le pagine del libro che ho tra le mani. Sono felice di aver vissuto un amore del genere, uno di quegli amori che non tutti nella vita hanno la fortuna di trovare. La fiamma di una candela è pur sempre fuoco e luce, anche se ha vita breve.

"Attenzione, prego! I passeggeri diretti al Cairo sono pregati di avvicinarsi al gate 21 per urgenti comunicazioni!".

Ci siamo, siamo già qui! Aspettavate che finissi la mia storia? Ho finito, siamo pronti, sarà ora che qualcuno parta?

Shirley è ancora distratta dalle mie chiacchiere e stenta a capire. Antonio le mette un braccio intorno alle spalle rassicurandola e riportandola coi piedi per terra: "È in arrivo un aereo da Parigi con una quarantina di posti liberi che saranno riempiti da noi vecchietti e da genitori con bimbi piccoli. Nel giro di un paio d'ore dovrebbero partire anche tutti gli altri col volo che viene da Francoforte".

Ossignore, ancora un paio d'ore! Si prospetta una notte in bianco e un arrivo al Cairo in orario davvero scomodo. Poi se si imbarcano ora i miei amici Antonio e Shirley il tempo passerà più lentamente...

"Tranquilla, non partiamo subito: l'aereo da Parigi fa scalo, come minimo i passeggeri avranno un'ora da trascorrere in aeroporto. E suppongo che sarebbe stato più lungo se non ci fosse stata questa concomitanza". Mi informa Antonio che ha seguito con più attenzione tutte le fasi di questo guazzabuglio di aerei e ritardi.

Vediamo entrare un folto gruppo di passeggeri accompagnati da un composto brusio fatto di "erre moscia" e sguardi agli orologi. Non tutti sono francesi, si distinguono diversi arabi, donne velate, degli inconfondibili americani e... e un bel ragazzo in giacca e cravatta dalla pelle olivastra, le tempie appena un po' brizzolate, lo sguardo profondo... mi colpisce! Ma non è che l'ho già visto? Oddio, questa faccia non mi è nuova!

"Bel ragazzo, eh? L'ho notato anch'io" – mi dice Shirley, complice. "Già, davvero! Ma ha un volto familiare, non riesco a..." e mentre lo fisso sforzandomi di ricordare lui incrocia il mio sguardo, aggrotta un attimo le sopracciglia come per mettere a fuoco e si apre in un sorriso che illumina ancora di più quel viso così bello. "Maya! Sei tu! Sì, sei tu, non sei cambiata affatto!" – "Non ci posso credere! Mido! Mido! Ma... ma come stai? Che fai? Oddio che emozione! Ne è passato di tempo!". Shirley è incredula almeno quanto me e subito faccio le presentazioni, mentre mi sembra che il mio viaggio, seppur all'interno del Leonardo da Vinci sia iniziato davvero! Parliamo in inglese, spieghiamo la situazione, capiamo che lui e i miei amici dovrebbero ripartire con lo stesso aereo, Antonio è già andato documenti alla mano a farsi inserire nella lista del primo gruppo. "Io devo aspettare quello da Francoforte, ne avrò ancora per un po'. Sono così contenta di vederti! Stai benissimo!". Mi sentivo in territorio neutro, l'avrei abbracciato di slancio, davvero lieta di rivederlo, ma anche se "giocavo in casa" è sempre un egiziano, musulmano, e mi trattengo. Mi chiede se Antonio e Shirley sono i miei genitori, scuoto la testa e spiego la nostra piccola odissea. Mi chiede di aspettarlo un attimo. Si dirige al banco dell'imbarco e lo vedo parlare con un addetto della compagnia aerea francese. Indica il biglietto, guarda l'orologio, l'addetto si consulta brevemente con un collega. Sorridono, chiamano un signore distinto che sembra piuttosto teso. Sorride anche lui, stringe la mano a Mido. Sembrano tutti contenti. Sono curiosa di sapere. Mido torna verso di noi con aria soddisfatta e il bellissimo sorriso si intona con il completo blu aviatore portato con elegante naturalezza. "Tutto a posto, Maya, io aspetto con te: ho chiesto di cambiare il mio posto con uno del prossimo aereo e un signore che aveva molta fretta di arrivare al Cairo ma non era rientrato nella prima lista è stato molto felice di approfittare. Aspetteremo insieme e viaggeremo insieme, spero che non ti dispiaccia!" – "Oh! Ma che cosa carina! Grazie, ne sono felice!".

Sono confusa. Devo ancora ricollocare Mido nel calderone delle emozioni. Non mi aspettavo di vederlo, non riesco a toglierlo dai ricordi per percepirlo come presente adesso. Presente e gentile, presente, bellissimo e attivo per restare più a lungo con me. Proveniente da Parigi, elegante, uomo. Finché ero io a raccontare la mia storia a zio Michele o a lady Shirley tutto era ovattato come una voce che proviene da un armadio chiuso, pieno di cappotti appesi. Ora si è spalancata un'anta dell'armadio e la mia stessa voce adesso è forte ed esce fuori. Lui c'era, lui aveva visto, aveva sentito, lui sapeva cosa avevo vissuto, lui era amico di Pablo. Lo guardo e come allora mi chiedo come ho fatto a non innamorarmi di lui. Lo guardo e muoio dalla voglia di chiedere di Pablo. "Andiamo a cena?" – mi dice. Guardo Shirley e lei, fulminea, mi abbraccia, mi bacia e: "Vai, cara. Noi aspettiamo qui, fra poco c'è l'imbarco. Sono contenta di non lasciarti qui sola ad aspettare e soprattutto che tu non arrivi al Cairo nel cuore della notte o chissà quando da sola. Questo è stato un bel colpo di fortuna! Te ne auguro una serie infinita. Ci vediamo in Egitto, Inshaallah!" – "Grazie di tutto lady Shirley: conoscerla è stato un altro bel colpo di fortuna. Buon viaggio e a prestissimo!". Altri due baci, una stretta di mano al gentilissimo Antonio e via, le nostre strade si dividono.

Mido è radioso, io sono piena di domande. "Vieni, cerchiamo un ristorante". Non voglio fare storie, è chiaro che ha piacere di fare il cavaliere e io sono anche contenta di sedermi e rilassarmi un po'. C'è confusione. Un bombardamento di luci e di rumori. Mi accorgo di essere stanca. Ma è solo una briciola di ciò che mi aspetta al Cairo.

"Allora, cara, come stai? È da molto che non vai al Cairo? La tua famiglia?".

"Sono dieci anni che ho lasciato l'Egitto, ricordi? Ci siamo visti allora. Non ci sono più tornata. Diciamo che ho cambiato vita".

"Eh, sì, lo so! Anch'io, da quando ho iniziato a lavorare, mi sono sposato, ho cambiato Paese... e sono anche diventato papà!" – dice con orgoglio e aria vissuta. Ma qualcosa non mi torna.

"Ma che bello! Congratulazioni! E così vivi in Francia?".

"Grazie. Sì, vivo a Parigi, faccio l'avvocato. Ma mia moglie è egiziana. Ora sto andando a trovare i miei genitori, sai, mio padre è piuttosto anziano, vado tutte le volte che posso. E tuo marito?".

"No, non sono sposata" – sorrido abbassando gli occhi. "Ho cambiato vita, sì, ma nel senso che ho smesso di viaggiare per il mondo. Io e te ci siamo visti quando ero tornata al Cairo per sistemare le cose. Ero guarita dalla polmonite che mi aveva fatto perdere l'occasione di lavorare con la ONG, ma poi mi sono stabilita in un posto di mare, in Italia, e lavoro nella libreria dei miei zii. Mi trovo bene, vita tranquilla, aria buona…". Mentre parlo mi sembra di essere tutt'altro che interessante e tantomeno credibile. Ciò che ne coglie Mido è: "Oh… capisco… matrimonio finito male? Quando è successo? Ma aspetta, forse sapevo anche questo…". Perché insiste con questa storia del matrimonio? Non sono nemmeno così vecchia da darlo per scontato per via dell'età!

"No, Mido, non mi sono mai sposata. Dai, avrò tempo per farlo, non credi? Mi trovi così invecchiata?".

"No, Maya, sei bellissima, come allora, non sei cambiata affatto… ma io sapevo che ti eri sposata!".

"Ah sì? E chi te l'ha detto?".

"Me lo disse Pablo, mi pare. Poi forse mi disse anche che non lo eri più? Non ricordo…".

Ora mi prende un colpo. Un'onda di calore mi scende dalla cima della testa fino ad avvolgermi completamente e un misto di incredulità e rabbia si impossessa di me. Ancora una volta questo ragazzo convoglia la mia frustrazione su di sé e rischio di trattarlo male così come feci allora. Cerco di darmi un contegno, nel frattempo ordiniamo qualcosa da mangiare che immagino non riuscirò a ingoiare.

"Ti pare? Non so come abbia potuto dirtelo, lui o chiunque altro, dal momento che non è mai accaduto, non pensi?" – e stringo nella mano un innocente tovagliolo cercando di contenere la voglia di urlare in faccia a colui che con troppa leggerezza afferma cose che potrebbero aver cambiato il corso dei tempi.

"Ma scusa, quando venisti al Cairo l'ultima volta, dopo la malattia, non eri con un ragazzo? Uno del nord Europa, sembrava… non era con te all'Opera?". Ripensai alla lettera accartocciata di Pablo, Mido doveva averla guardata per capire che era per me, ed effettivamente lì Pablo accennava al tizio che era con noi nel palco come a un possibile mio compagno, ma era scritta in italiano!

"Ma no! Ma come ti viene in mente!?". Quello nel palco insieme a me e Nura era uno spettatore, uno sconosciuto. Eravamo in cinque, in quel palco. Io ero con Nura, il tizio era con gli altri due. Non erano nemmeno socievoli, come si faceva a pensare che stessimo insieme?!".

"Ah! Ma pensa! Io l'ho dato per scontato, anche se tu non dicevi niente, perché Pablo lo aveva già visto in Italia, quel ragazzo, quando tu eri in ospedale".

"Scusa, ma di cosa diamine stai parlando?" – mi scaldo sul serio, attenzione che mi scaldo sul serio! "Pablo non è mai venuto a trovarmi in Italia e non può aver visto nessun ragazzo con me per il semplice fatto che non c'era nessun ragazzo con me all'epoca, né in ospedale né altrove!". Mi sta prendendo in giro? Si sta prendendo gioco di me? Era una sua stupidissima forma di umorismo? Non sono più così sicura di vedere con piacere questo bellimbusto che si diverte a prendermi in giro. Quantomeno non saremo vicini di posto in aereo. O almeno è altamente improbabile.

"Calma, calma! Non so… pensavo che vi foste risentiti. Io Pablo non lo sento da anni, praticamente da quando vivo a Parigi, ma fu lui, una delle ultime volte che ci vedemmo che mi raccontò questa storia. Io però non gli ho mai detto di aver trovato la lettera e di avertela data. Non ne ebbi il coraggio".

"Scusa, Mido, potresti dirmi esattamente cosa ti raccontò Pablo? Perché guarda, te lo dico chiaro e tondo: a me quell'uomo mi ha rovinato l'esistenza. Io lo amavo come non ho mai amato nessun altro nella vita e anche lui mi amava…" – "Oh, sì… lo so bene…" – "Eppure mi ha piantato, mi ha lasciato da un momento all'altro senza un vero motivo, imbastendo un groviglio di scuse che ho analizzato per anni e che non stavano in piedi. Sono stata malissimo. L'ho aspettato, l'ho cercato, ho continuato ad amarlo e alla fine me ne sono fatta una ragione. Ma mi fai pensare che la ragione che mi son fatta manchi di alcuni importanti elementi".

"Ecco... probabilmente fu l'ultima volta che vidi Pablo, l'anno dopo che tu te ne andasti. Mi chiamò come faceva sempre quando era in Egitto per vedere suo nonno. Andammo a farci qualche corsa su e giù per le dune intorno a Siwa, c'era anche Ossama. Fu divertente... mi mancano quelle scorribande". Si perde anche lui un attimo nei suoi ricordi, perché ognuno di noi pian piano si adatta alla vita e alle sue regole e quando si sorprende a ricordarsi com'era in gioventù si stupisce sempre un po'. Sì, siamo ancora noi, quelli che si divertivano a scivolare lungo i fianchi dorati delle grandi dune, che passavamo ore a bere tè e a raccontarci storie seduti intorno al fuoco, liberi di stare senza orologio, senza scarpe, senza la maglia abbinata ai pantaloni, senza vergogna nel cantare a squarciagola sotto il cielo. Guardo l'orologio d'oro dell'avvocato seduto di fronte a me, la sua cravatta di seta, ma per un attimo vedo nei suoi occhi l'eccitazione delle corse in jeep sulla sabbia e ritrovo il ragazzo che conoscevo. Riprende a parlare con lo sguardo ancora lontano:

"A Siwa non potevamo non pensare a te, mentre tornavamo al villaggio riparlammo della tempesta di sabbia e della paura di quel giorno. Forse fu allora che Ossama chiese se qualcuno di noi avesse tue notizie e Pablo disse che stavi bene, che probabilmente vivevi in Italia, che eri sposata e che alla fine il lavoro in Palestina non era andato in porto perché ti eri ammalata. Mi stupii di sentirgli dire che eri sposata: io ti avevo visto al Cairo l'anno prima, dopo la malattia e non avevi detto nulla. Ma lui lo affermò con sicurezza dicendo che quando aveva saputo che stavi tanto male era partito immediatamente per l'Italia. Venne a Roma, non so come fece a sapere in quale ospedale fossi ricoverata, forse li girò tutti finché non ti trovò".

"Ma non mi ha mai trovato, in realtà!" – dico, facendo fatica a modulare la voce.

"Lui disse di sì. Disse che ti trovò, che gli indicarono il numero della tua stanza e che si fermò a pochi metri dalla porta perché vide arrivare un ragazzo, biondo, suppongo, con un mazzo di rose rosse in mano e che entrando nella stanza, di cui lui non vedeva l'interno, salutò dicendo: "Buongiorno, Amore della mia vita!". Così tirò le sue conclusioni e se ne andò senza nemmeno farsi vedere. Rivide con te il giovane biondo nel palco dell'Opera e non ebbe dubbi sul fatto che fosse tuo marito".

"Marito! Addirittura! Per un mazzo di rose rosse! E non c'ero solo io in quella stanza! Eravamo in tre! Possibile che fu così sciocco e codardo da non pensare nemmeno all'eventualità? Eravamo tre, in quella stanza, e le rose non erano per me, quella mattina! Accidenti... ma ti rendi conto? Ricordo benissimo quella mattina e l'arrivo del fidanzato della ragazza mia vicina di letto. Ricordo l'invidia nei confronti di lei, che comunque non accolse con grande entusiasmo l'omaggio floreale. Ricordo quanto stavo male, quanto mi sentivo maledettamente sola e incompresa... non posso credere che Pablo fosse dietro quella porta, a pochi metri da quelle rose... no, non ci posso credere...". Oddio, mi viene da piangere, giuro, non ce la faccio. E Mido che fa, invece? Scoppia a ridere! Lo sto odiando. "Ma dai! Ma davvero era il fidanzato di un'altra? Ahahahah! Avevo ragione io, allora, a dire che quello dell'Opera non era con te! Che cocciuto, quel Pablo, mamma mia che carattere!".

Del mio tovagliolo sono rimasti brandelli. Mido mangia di gusto il suo filetto al pepe rosa mentre io non riesco nemmeno a toccarlo. Lui non si rende conto. Anzi, sembra quasi godere di questo inciampo del mio destino. Non sa quanto ho sofferto, no, non lo sa. Molto empatico, comunque. Io sono in un'evidente crisi di nervi e lui mangia sghignazzando. Devo respirare profondamente, ricompormi e convincermi che probabilmente era così che doveva andare. Punto e basta. Sii zen, Maya.

"Maya, perdonami se rido, ma mi sembra il colmo: uno parte dalla Grecia, va in Egitto, poi in Italia, spende un sacco di soldi, fa il segugio sbandierando un amore e poi che fa? Fraintende, si fa il film e riparte con la coda tra le gambe senza nemmeno guardare negli occhi la sua amata. Non so, già quando me lo disse mi venne da ridere, ma ora che tu mi racconti che il fidanzato non era tuo e che sarebbe potuto entrare tranquillamente nella stanza, perdonami, ma mi viene da ridere forte!".

O lo strangolo, qui davanti a tutti, o la prendo con tutta la filosofia che mi è possibile racimolare. Accenno un sorriso, "Si vede che doveva andare così" – dico al mio filetto mentre comincio a tagliarne un pezzo e ad assaporarlo controvoglia.

"Maya, ma è possibile che tu non l'abbia mai capito? Sei un po' testona anche tu, allora: anch'io mi ero preso una bella cotta per te, a quei tempi!".

"Eh?". Questa mi giunge nuova sul serio. Il filetto non deve avere percorso facile, non c'è niente da fare! Il destino ha deciso di ridermi in faccia infilando questa serie di coincidenze che riportano alla luce un passato sepolto diverso da quello che conoscevo e su cui ho rimuginato all'infinito.

"Sì, cara. Ma tu non mi vedevi nemmeno. Non avevi occhi che per lui e io non te l'ho mai detto. Cosa te l'avrei detto a fare? Non poteva esserci competizione. Di solito piacevo alle ragazze, senza il minimo sforzo, ma tu, tu che piacevi a me, non mi degnavi di uno sguardo. O forse invidiavo proprio il tipo di sguardo che rivolgevi a lui, uno sguardo così sognante e innamorato che raramente capita di vedere. Sì, forse ero invidioso più che geloso. Tu eri così carina, di una bellezza fresca, pulita, così diversa dal prototipo della ragazza occidentale in cerca di avventure! Non feci niente. Mi misi da parte, e quando Pablo ti lasciò ne fui quasi contento. Sapevo che questo non ti avrebbe reso disponibile per me, ma mi faceva stare meglio sapere che tutta quella perfezione non portava comunque a niente. Amore, amore... e poi? Ognuno per la sua strada. Quindi, o l'amore non era granché, in fondo, o era il vostro, che non era vero amore".

"Non so che dire... mi dispiace. Non mi dispiace che tu abbia sofferto l'invidia, no. Mi dispiace sapere che tu non sia stato capace di volerci bene e di gioire per noi. Per Pablo, almeno, dato che mi sembrava che foste amici. Mi dispiace che lui abbia pensato che fossi fidanzata o sposata, semplicemente perché non era la verità, e mi dispiace infinitamente non averlo visto, a Roma, e non aver saputo che era venuto per me.

Toglimi una curiosità: tu tua moglie la ami? Sei riuscito a capire cos'è l'amore?".

"Certo che la amo! È una brava ragazza, cucina molto bene, sa come tenere bene la casa e come crescere un bambino. Ha cura di me e della famiglia, è anche bella e gentile, ha una laurea e i genitori sono facoltosi".

"Ah, ecco, capisco... questo è proprio amore. Sai una cosa, Mido? Contento te, contenti tutti. Perché sei contento, giusto? Hai tutto ciò che si possa desiderare".

"Sì, ringrazio Dio, ho tutto ciò che si possa desiderare".

Non ne posso più. Non vedo l'ora di partire e di metabolizzare le nuove sorprese. Mi chiama Nura, preoccupata. "Ehi, amica mia! Sono ancora a Fiumicino, assurdo ma vero... credo che ormai se ne parla domattina presto... vai pure a dormire, non pensare nemmeno di venirmi a prendere... no, davvero, insisto! A qualche ora ti suonerò il campanello. Non sai chi ho incontrato, in aeroporto... te lo ricordi Mido?... già... proprio lui. Viaggeremo insieme... Sì sì... sono contenta. Poi ti racconto. Buonanotte, *ya Nura*. Grazie per aver chiamato!".

"Nura... come sta?" – "Bene, grazie. Non vedo l'ora di rivederla. Conoscerò anche il suo fidanzato, magari tornerò al Cairo per il suo matrimonio". Finalmente sorrido e riesco a guardare avanti. Provo pena per questo cinico ragazzo che avrà pure tutto, ma manca di sensibilità e buoni sentimenti. Almeno, è questa l'impressione che mi dà. Davvero non vedo l'ora di salire su quel benedetto aereo e lasciarmi alle spalle questo aeroporto in cui mi sembra di aver passato una vita!

"Senti, se vuoi possiamo uscire da qui, io non mangio altro, mi è passata la fame, scusami". I miei ricordi erano perfetti. Li conosco a memoria. Mi appartiene ogni episodio, ogni dialogo, ogni momento di quel passato cristallizzato. Ora arriva lui, che nei ricordi era a sua volta perfetto e definito, e incrina l'immagine fino a farla sfaccettare come succede a un vetro colpito da un sasso. E siamo solo all'inizio! Pazienza. Continuare a vivere comporta questo. Mi confronterò con questo. Mi ero cristallizzata anch'io. L'aereo con Shirley e Antonio è ormai decollato da un pezzo, cerchiamo di capire se quello proveniente da Francoforte è atterrato e se si sa da che gate ci faranno imbarcare. Mi sento davvero pronta, è ora di crescere.

Finalmente arriva il momento: l'ultimo metal detector e saliamo in aereo! Sono quasi le 22, ho trascorso una lunga giornata "di transizione" al Leonardo da Vinci. Io e Mido non abbiamo posti vicini, come era prevedibile, e ne sono quasi sollevata. Decido di rilassarmi, cintura allacciata, raccomandazioni delle hostess, da quanto tempo non ne ascoltavo! Mi appoggio completamente allo schienale e chiudo gli occhi per gustarmi il decollo mentre Roma si fa piccola piccola sotto di noi. Riapro gli occhi una volta in quota, quando il campanellino annuncia che si possono slacciare le cinture. Infilo gli auricolari e scelgo la musica che mi farà compagnia. Musica classica, come sempre. Passano a darci da bere, lo gradisco, mi sento meglio e ricordo di non aver cenato. La cena che passano in aereo di solito è tutt'altro che appetitosa, ma molto dipende dallo stato d'animo. Sono stanchissima fisicamente ma mi sento piena di energia interiore.

"Eccoti" – "Ah, Mido... già in giro?". Stavo bene, invece ecco lui e la sua carica pungente. Sono seduta vicino al finestrino e i due posti accanto al mio sono occupati, voglio sperare che non si metta a parlare delle nostre cose sulle teste di queste persone. E invece! "Ma... toglimi una curiosità, che ti diceva, Pablo, nell'altra lettera?". Sta intavolando un discorso così intimo in mezzo alla gente, non si aspetterà che risponda! "Quale lettera? Quella accartocciata che tu hai trovato, tu hai letto e tu, solo dopo, mi hai consegnato?" – "No no... cosa diceva in quella lo so. Beh, non era mica chiusa! E poi era nel cestino di casa mia, avrei pure avuto il diritto di leggerla, no? Ma era scritta in italiano, è già tanto che abbia capito che era per te! Non parlo di quella! Intendo quella in busta chiusa".

"Non ho ricevuto lettere in busta chiusa da Pablo. Ne trovai una nella tasca del mio borsone venendo via da Siwa, ma era un foglio piegato, non aveva busta". Non voglio rispondere e sto rispondendo. In più mi sto innervosendo perché qui si parla di cose delicate e lui lo fa con la delicatezza di un elefante imbizzarrito.

"No no. Parlo di quella busta che doveva inviarti Nura, al tuo indirizzo in Italia" – "Nura? Non mi ha mai inviato lettere da parte di Pablo! Mi stai prendendo in giro, Mido? Guarda che non è divertente. Ora hai riso abbastanza, porta un po' di rispetto, per favore e lasciami in pace. Oltretutto stiamo disturbando i signori". Non so di che nazionalità siano i signori qui seduti, forse tedeschi. Noi conversiamo in inglese, sicuramente capiscono e forse per quello mi sembrano attenti allo scambio tra me e Mido, il che mi mette ancor più in imbarazzo. Mido si accarezza il mento guardando in un punto impreciso della cappelliera, come se cercasse di ricordare qualcosa: "Ma sai che non ricordo se alla fine gliel'avevo data o no la busta a Nura? Vuoi vedere che tra una cosa e l'altra non gliela detti?". A questo punto mi auguro che sia così infame da prendermi in giro davvero, perché se invece è infame al punto di dire la verità, e cioè che per colpa sua è rimasto qualcosa di non detto tra me e Pablo io mi alzo da questa poltrona e lo strangolo qui davanti a tutti, poi lo butto a terra, ci salto sopra fino a ridurlo in poltiglia e infine apro il portellone e lancio nel vuoto ciò che resta di lui, e pure chiunque dovesse cercare di difenderlo. Stavo così bene che volevo gustarmi anche la plastica e inodore cena della compagnia aerea tedesca e invece arriva questo e mi sconvolge di nuovo l'equilibrio emotivo.

"Cosa stai insinuando, Mido? Fammi capire bene e non scherzare". Non voglio scaldarmi in modo troppo evidente per non dargli la soddisfazione di tenermi in pugno. "Maya, perdonami, dovevo averlo rimosso. Ora, rivederti, riparlare di lui e di quella gita coi ragazzi a Siwa, mi ha fatto riaffiorare questa immagine: lui che mi dà una busta dicendo di darla a Nura e di fartela spedire in Italia perché non aveva l'indirizzo con sé e doveva restare ancora a Siwa, prima di tornare a Chios, mentre io tornavo al Cairo. Voleva che ti arrivasse quanto prima". Io comincio a crederci e a rabbrividire sensibilmente. "Ebbene?" – incalzo – "Ebbene... mi sa che io a Nura non gliel'ho mai portata, quella busta!" – dice quasi trionfante ormai certo della chiarezza del suo riaffiorato ricordo.

"E me lo dici così?" – "E come te lo devo dire? Mi è tornata in mente la busta con l'idea che tu l'avessi avuta, per quello ti chiedevo cosa c'era scritto! Chissà dove la infilai...".

Scusate, mi devo alzare, abbiate pazienza... ecco, scusatemi. È una conversazione che non può continuare con me seduta, lui in piedi in corridoio e due sconosciuti nel mezzo. Mido indietreggia, penso che abbia cominciato a capire il mio stato. Ovviamente non posso stringergli le mani intorno al collo ma voglio che il mio sguardo gli comunichi esattamente quello. "Sforzati e spremi quel tuo inutile cervellino in modo da ricordare dove hai messo, quella decina d'anni fa, la busta di Pablo. Guarda, ti avverto, faccio un casino. Stai molto attento perché te la faccio pagare e mi stanno già venendo in mente alcuni modi. Sono stata chiara?". Se solo mi vedesse lady Shirley! Mi ha lasciato insieme a Mido con la massima soddisfazione, ma se sapesse cosa sta venendo fuori da questo incontro sono certa che sarebbe qui al mio fianco armata di qualche oggetto contundente e sguardo minaccioso. Il ragazzone mi appare finalmente in difficoltà e in un corridoio di aereo non ci sono poi tutte quelle scappatoie. Si avvia verso il suo posto camminando all'indietro e farfugliando: "Sì, aspetta, ora ci penso..." e io procedo in avanti, determinata. La rabbia mi aiuta a non cedere allo sconforto. Può essere che la lettera fosse dello stesso tenore delle altre, cioè piena di parole d'amore e che non rivelasse chissà che, ma se anche così fosse stato io avrei voluto e dovuto averla. Magari attendeva una risposta, magari mi diceva dove potevo trovarlo, oppure mi chiedeva se davvero stessi con il biondo. Qualunque cosa avesse scritto apparteneva a me e io non avevo potuto leggerla per colpa di questo individuo superficiale e invidioso che la sera se ne andava a dormire con la coscienza a posto mentre io bagnavo il mio cuscino con lacrime di dolore, ignara di qualcosa che poteva essere importante. Ma non riesco a concepire che Mido possa aver trattenuto la lettera col chiaro intento di nuocere: spero in una vera dimenticanza, magari freudiana, ma in buona fede. Preferisco pensarlo idiota e sbadato piuttosto che perfido e cattivo fino a questo punto. "Deve essere rimasta tra le pagine di un libro, un libro che avevo con me a Siwa e che leggevo in quei giorni. Cos'era, fammi pensare... un libro di Naguib Mahfuz, *Miramar*! Chissà, forse ce l'ho ancora, a casa dei miei, se non se l'è portato via mia sorella...". Un barlume di speranza. "Bene. Io appena arriviamo vengo dai tuoi con te e tu guardi se c'è quel libro. Prega che ci sia" – "Maya, dai, sii ragionevole! Arriveremo nel cuore della notte, non posso presentarmi con una ragazza, poi mio padre non sta molto bene, insomma, avremo tempo. Pensavo di accompagnarti all'Hilton per questa notte, o se preferisci al Flamenco, così sei vicino alla casa di Nura, che ne dici?" – "Ah! Ti ricordi anche dove vive Nura! Che sarebbe dove avresti dovuto consegnare la lettera, no? Cos'è che te l'ha impedito, Mido carissimo? Dovevi giocare a golf al Saqqara country club? Avevi da fare? Io non ti mollo. Stanotte vengo a casa dei tuoi e non me ne vado finché non appuriamo dov'è quel libro".

"Sì, Maya, ora calmati. Torna al tuo posto che nel corridoio dai fastidio, non vedi che passano coi carrelli della cena? Dai, poi vediamo, eh?".

Non fa più lo spavaldo, l'avvocato dei miei stivali dalla vita soddisfacente e completa. Io torno al mio posto e sorrido ai signori vicini che si stringono per lasciarmi passare. Mi mangio anche quelle geometriche cose colorate che chiamano "cena" e ci bevo sopra un bel prosecco che mi aiuta a rilassarmi un po'. Devo trovare quella busta.

Questo incontro è stata una coincidenza notevole. Evidentemente appena accettiamo di riattivare la nostra vita, lei ci viene incontro e ci dà un'agitatina in più per farci capire che partecipa.

Finalmente cominciano le operazioni di atterraggio: ci riallacciamo le cinture di sicurezza dopo un volo assolutamente tranquillo. Voliamo già su chilometri e chilometri di lucine che delineano la vastità del Cairo e quasi mi commuovo avvicinandomi a questa terra che sento mia e che mi ha dato tanto. Mi commuovo ma non devo perdere d'occhio Mido: non vorrei che allo sbarco approfittasse della confusione per dileguarsi. Magari non deve fare la fila al controllo passaporti e non ha nemmeno un bagaglio da recuperare al nastro girevole e riesce a lasciare l'aeroporto prima di me. Sì, ne sarebbe capace.

Al segnale che indica il permesso di slacciare le cinture scatto in piedi e guardo dov'è. È ancora lì, bloccato dalle persone davanti. Per uscire deve passare per forza da qui e io lo aggancerò. Lo vedo imbarazzato e sono certa che ha accarezzato l'idea di scappare senza aspettarmi.

"Mica penserai di andartene senza di me…" – "No no, Maya…" – "Bene, così mi dai pure una mano col bagaglio. A quest'ora non ci dovrebbe essere troppa fila al controllo passaporti".

Esco dall'aereo e mi assale l'aria calda che odora di smog di ogni arrivo in Egitto. Non è piacevole, eppure mi piace. Se non avessi quest'ansia da cane da guardia mi godrei diversamente il mio ritorno al Cairo.

Sono passate le 3 del mattino, considerando l'ora di fuso orario. Fortunatamente in meno di mezz'ora riusciamo a essere fuori dall'aeroporto. Di solito salivo sul primo sgangherato autobus che mi portava in città con 40 piastre, ma Mido va diretto ad un taxi e da bravo egiziano contratta e strappa un buon prezzo, nonostante sia notte, al tassista. Di certo non c'è il traffico che c'è di giorno. Non avverto il sonno eppure mi appisolo sul sedile, tanto che quando apro gli occhi siamo già vicini al centro. Emozione grande. "Dove hai detto di portarci?" – "A Zamalek" – "Allora non hai capito!" – alzo la voce. Il tassista ha una lieve reazione. "Maya, non posso portarti dai miei a quest'ora!" – "Senti, ti concedo questo: non entrerò con te. Ti aspetterò giù nel taxi. Tu salirai, cercherai e quando uscirai con la mia busta io me ne andrò. Se disgraziatamente il libro non ci fosse e l'avesse tua sorella risali anche tu e andiamo da lei. Dai l'indirizzo al tassista" – "Vorrà dei soldi in più".

"Ovvio. Glieli darai." Mido ha capito. Forse non mi teme ma spero che sia il senso di colpa a farlo cedere. Spiega al tassista che deve tornare indietro, verso Garden City, deve aspettare qualche minuto e riportarmi a Zamalek. Quindi è ottimista, non ventila l'ipotesi di dover andare anche dalla sorella e io non ho neanche il coraggio di chiedergli dove abiti, questa sorella. Il tassista dice che vorrà altri soldi e Mido gli dice di stare tranquillo, che li avrà. Restiamo in silenzio. Siamo tesi entrambi. Non avrei mai immaginato di rientrare al Cairo in queste condizioni, ma fa parte del gioco: bisogna chiudere i conti aperti col passato per permettere al futuro di cominciare dal presente. Il mio comincia con una giornata in aeroporto, una notte in bianco e una serie di minacce. Nel giro di un quarto d'ora siamo sotto al palazzo in cui vivono i genitori di Mido. Lui è visibilmente impacciato. "Farò prestissimo" – dice rivolto al tassista, e spero che creda lui per primo alle proprie parole. Immagino il suo ingresso nella casa addormentata. Aveva avvertito i genitori del ritardo, chissà se qualcuno lo aveva aspettato in piedi. Non ho voglia di conversare col tassista e chiudo gli occhi fingendo di appisolarmi. Mi appisolo davvero, non c'è niente che io possa fare in questo momento, se non aspettare.

Mi svegliano le urla di Mido sovrapposte a quelle del tassista: "È l'alba! Sono qui da due ore! Voglio molti soldi!" – "Maya, l'ho trovato! L'ho trovato! Ecco la busta! Grazie Dio! Grazie Dio! Sì, avrai i tuoi soldi!". Non potendo abbracciare me, va dal tassista alterato e abbraccia lui, saltellando e ringraziando Dio. Il tassista è colto di sorpresa. Io realizzo di aver dormito due ore e che il cielo è ormai chiaro. Ma soprattutto realizzo che dopo nove anni quella busta sta per arrivare nelle mie mani. È un'emozione che non so descrivere. Mido riempie di soldi il tassista, che ora ricambia l'abbraccio, e lo ringrazia. "Sai dov'era il libro? In uno scatolone in soffitta! Ma la soffitta del palazzo, non del mio appartamento. Prima ho passato in rassegna tutte le librerie di casa. Mia madre era alzata ad aspettarmi e mi ha preso per matto. Ho spiegato sommariamente e mi ha aiutato a cercare *Miramar*. Non trovando niente siamo dovuti salire sul tetto terrazza e da lì nella nostra parte di soffitta. Non c'è luce elettrica, lassù, va sistemato l'impianto. Siamo tornati giù a prendere due torce e abbiamo cercato tra la polvere. Qualcuno nel palazzo, sentendo traffici e rumori, ha pensato che potessero esserci dei ladri e ha chiamato qualcun altro. Delle persone ci hanno affrontato sbucando all'improvviso, armati di bastoni, facendoci prendere un vero colpo al cuore! Siamo riusciti a farci riconoscere prima che sferrassero colpi ma non siamo risultati credibili quando abbiamo detto che stavamo cercando un libro. "Ho io quel libro! È molto bello, in effetti. Posso prestarvelo!" – ha detto l'inquilino del quinto piano. "Davvero gentile, grazie, Dio la benedica... ma vede... a me serve esattamente quello". Mia madre mi ha guardato con un moto di rassegnazione dopo essersi illusa per un attimo che il prestito potesse essere una soluzione. "Ecco, vedete... tanto tempo fa ci ho lasciato dentro dei soldi, sì, dei soldi in una busta, e non erano miei. Devo restituirli" – "Figlio mio, potevi dirmi che ti servivano dei soldi, te li avrei dati io!" – "Grazie mamma, scusatemi, ma io devo trovare quel libro e quella busta. Quella". Credevo che una ricerca di soldi avrebbe giustificato qualunque strana azione, sicuramente più di quella di una lettera d'amore, invece così non è stato. Ad ogni modo a quel punto eravamo in quattro a cercare e la gioia è stata collettiva quando mia madre ha esclamato: "Eccolo!" Ci ha soffiato sopra e me lo ha porto. Il libro non bastava. Ci voleva la busta. E c'era! Grazie a Dio c'era. Affacciati, Maya, guarda lassù, sono tutti e tre sul balcone che guardano giù".

Assurdo! Scendo dal taxi e vedo una donna velata e due uomini che salutano dal terrazzo sopra al sesto piano! Una nottata assurda. Ricambio il saluto e cerco di ringraziare, mi viene quasi da ridere.

Il cielo è rosa. Guardo Mido: "Grazie. Non la aprirò qui davanti a te, potrebbe non essere saggio da parte tua essere presente. Ora goditi i tuoi genitori e sparisci dalla mia vista. Casomai, un giorno, ricominceremo tutto daccapo. Adesso continuo da sola" – "Perdonami, Maya. Mi dispiace davvero. Spero che tu mi creda. Se dovessi rivedere Pablo, un giorno, digli che mi dispiace. Addio".

Il tassista fa un gran sospiro e chiede: "Zamalek?" – "Sì, per favore".

Ma non vado all'Hotel Flamenco, ormai è mattina. Mando un messaggio a Nura: "Sto arrivando! Ho bisogno di una doccia, di un letto e di te, amica" – "Buongiorno bellezza! Non vedo l'ora di abbracciarti! La colazione è pronta, tante volte avessi bisogno anche di quella".

So che qualunque cosa ci sia scritta in questo foglio, io sarò felice. Sono viva e affamata di vita.

"Siwa, 1997

Maya, amore mio, ho bisogno di parlarti. Vorrei farlo guardandoti in quei begli occhi, ma siamo lontani e ho urgenza di rivelarti finalmente la verità. Torna con la mente al giorno che nacque dalla meravigliosa notte che ci ha visto felici e innamorati come non mai, qui a Siwa. Quel giorno non fu degno di cotanta origine visto che per quanto magica e perfetta fu la notte tanto terribile fu il giorno. Fu quando le nostre vite furono strappate e separate dolorosamente.

Starai pensando che fui io responsabile di questo, che anche se avevi ricevuto la chiamata dalla ONG avrei potuto seguirti o almeno aspettarti. Invece ti lasciai libera e rischiai di farmi odiare per la delusione e il dolore che ti inflissi da un momento all'altro. Avresti avuto ragione e io ero disposto ad accettarlo, ma è arrivato il momento che ti dica cosa mi spinse davvero a prendere quella decisione e che preferii non dirti allora. Sono a Siwa con i ragazzi, con Mido e Ossama, e non l'ho mai detto neanche a loro per paura di tradire in qualche modo l'immagine che ricordano di noi due insieme.

Ebbene, la mattina presto di quel 28 maggio ricevetti anch'io una telefonata importante. Alloush venne a chiamarmi per dirmi di andare alla centrale telefonica perché mi avrebbe richiamato di lì a poco Eleni. Mi allarmai pensando che fosse capitato qualcosa ai miei genitori che non sentivo da qualche giorno, ma sapere che stavano bene non fu un sollievo sufficiente quando sentii cosa aveva da comunicarmi la mia ex ragazza: mi disse di essere incinta e che il padre del bambino ero io. Rimasi in silenzio, ghiacciato lì, con la cornetta in mano. Avevo rotto con lei da circa tre mesi, nel momento in cui mi ero anche licenziato per partire e lasciare Chios. Poteva essere successo. Poteva essere vero. Lei disse che la gravidanza era già al quarto mese e che non mi aveva avvertito prima perché all'inizio non sapeva se affrontare l'aborto o tenere il figlio. Poi aveva deciso di portarla avanti e ritenne opportuno che anch'io, nonostante non stessimo più insieme, mi assumessi le mie responsabilità. C'era arroganza nella sua voce, ma potevo ben capire il suo stato d'animo. Le dissi che avrei fatto ciò che era giusto e che sarei tornato al più presto. Non l'avevo mai amata e non fu certo quella notizia a metterla davanti a te nel mio cuore. Fu piuttosto il mio cervello a subentrare, il mio cervello pieno dei complessi che sai. Mi disse, il mio presuntuoso organo pensante, che con questo sberleffo la vita mi rideva in faccia e mi ricordava che non è l'Amore che deve essere seguito, bensì il dovere, l'impegno, la responsabilità. Mi ricordò il disonore che mio padre portò alla propria famiglia rompendo un fidanzamento concordato da anni e tutto il dolore che il suo egoismo aveva seminato da allora in poi e di cui anch'io ero vittima. Mio padre non amava Fatima e lei non amava lui, si conoscevano appena. Eppure il matrimonio era stato programmato come se fosse la cosa più giusta e naturale. Io non amavo Eleni? Poteva funzionare lo stesso, l'avremmo fatto funzionare noi.

Tutto a un tratto ripensai a noi due incantati ad Alessandria e me ne vergognai, mi vergognai di aver creduto che potesse essere diverso da come avevo sempre pensato e piangendo di rabbia dissi a me stesso che non avrei fatto l'errore dei miei genitori. Pensai che questo sacrificio mi veniva richiesto in sconto delle loro azioni e che tutto tornava a posto: mio figlio avrebbe avuto una vita normale circondato da genitori e parenti secondo le tradizioni e le regole della famiglia.

Tu mi amavi, lo sapevo, avresti sofferto, ma stavi per realizzare un tuo desiderio, un progetto di vita e la cosa accadeva proprio nello stesso momento: non c'erano dubbi su quale fosse la strada da seguire. I segnali erano tutti fin troppo chiari.

Lo dissi a mio nonno, sicuro del fatto che sarebbe stato fiero di me, lui più di chiunque altro. Invece scosse la testa e disse che non era così che sarebbe andata. Non disse molto di più. Capii il suo punto di vista quando ci raccontò la leggenda di Giorno e Notte e quando disse a te che la tazza spezzatasi tra le sue dita si sarebbe aggiustata. Sembrava che fosse preoccupato per te, ma continuava a intendere che eravamo noi due, così diversi ma così innamorati, ad avere un futuro insieme. Sono cose su cui comunque ho riflettuto dopo, perché in quelle ore la mia testa aveva imboccato una direzione chiara e senza titubanze.

145

E così tornai a Chios, forte del mio appagato senso di giustizia. Eleni sembrava contenta, ma più come una che ha avuto una rivincita che come una mamma teneramente in attesa di mettere su famiglia. Conobbi i suoi genitori e i fratelli, loro apprezzarono la mia buona volontà e questo mi fu di conforto, perché da Eleni non riuscivo proprio a sentirmi accolto: andava a comprare ciò che sarebbe servito al piccolo, poi mi chiamava e mi diceva di andare a pagare.

I miei genitori non erano molto convinti e insistettero perché aspettassi a sposarmi, benché accettarono e condivisero la mia decisione di prendermi cura di Eleni e di nostro figlio. Ma loro non sapevano di te. Nessuno sapeva di te. Fortunatamente rientrai a lavorare nell'azienda che avevo lasciato e mi concentrai sul mio futuro di padre più che su quello di marito o compagno. Da mio nonno venni a sapere che ti eri ammalata e che non eri più partita per Gaza. Crollò parte del mio sistema difensivo ed ebbi paura. Sentii il bisogno di vederti e sapere che stavi bene, lo sentii al punto da partire e venire in Italia. Ci rimasi meno di 48 ore mentre Eleni sapeva che ero in Egitto. Non ebbi fortuna, o almeno, non ne ebbe il mio cuore, perché non ti vidi. Ma ebbe soddisfazione il mio cervello perché ti seppi in via di guarigione e con un uomo innamorato accanto. Sentivo un dolore lancinante, ma sapevo che dovevo essere felice per te e per la tua vita che si riorganizzava. Avevo un disperato bisogno di saperti felice. Si avvicinava il momento della nascita e mentre sentivo un laccio che mi stringeva la gola speravo che l'emozione di diventare padre potesse dissolvere quel malessere e la mancanza di te. Mi mancavi maledettamente, Maya, nonostante tutto.

Mi mancava la gioia di vivere che provavo con te, mi mancava la voglia di avvicinarmi a lei, di stringerla, di baciarla. Una notte sognai mio padre che si ritrovava a sposare Fatima e nel momento decisivo iniziava a urlare come un pazzo e scappava via travolgendo tutto quello che incontrava lungo la sua strada. Io ero dietro una colonna, nascosto, guardavo e applaudivo. Non ci voleva un genio per interpretare un sogno del genere: il mio inconscio lanciava segnali chiari e il mio corpo somatizzava rendendomi la vita difficile. Il mio malessere innervosiva Eleni che mi trattava con crescente freddezza e un bel giorno di ottobre, davanti a un mio scompenso respiratorio, di fronte a suo fratello che era intervenuto per aiutarmi, cominciò a urlare: "Basta! Vattene! Non è tuo questo bambino! Vattene, non ti voglio, larva d'uomo! Ti ho tradito, sì, ti tradii perché eri un uomo triste e tale sei rimasto. Il padre è un altro, ma è sposato. La tua partenza fu un sollievo, ma adesso mi serviva qualcuno che si accollasse le spese di questo figlio e sapevo che avresti abboccato. Triste e stupido! Solo che non ti sopporto, non ti reggo, non ti voglio vicino, non voglio che tu faccia da padre a mio figlio, torna da dove sei venuto, sparisci dalla mia vita!".

Pensammo ad una crisi isterica, uno sbalzo di ormoni, un attacco di panico. Non dissi niente, facevo già fatica a respirare. Lei continuava a inveire e il fratello, piuttosto turbato, telefonò al dottore. Io me ne andai, andai via a piedi, senza meta, mentre il laccio al collo che mi impediva di respirare si allentava e i polmoni si riempivano di aria nuova, abbondante e fresca. Camminai e camminai, inspirando dalla bocca e dal naso, ossigenando il cervello. Avrei dovuto appurare se Eleni stava dicendo la verità o se semplicemente voleva liberarsi di me, prima di sentirmi davvero libero, eppure il cuore era già più leggero. Il cervello sottolineava la cattiveria e la perfidia della donna per la quale avrei sacrificato la mia vita, sottolineava il fatto che mi avesse tradito, che l'avesse fatto con un uomo sposato, che avesse usato un esserino innocente sangue del suo sangue per approfittare di me e dei miei soldi... eppure... eppure i miei polmoni si sentivano come due mongolfiere pronte a volare. Su una cosa aveva ragione, ero triste, prima di incontrare l'amore ed ero ancora più triste per averlo abbandonato. All'improvviso mi misi a correre, a correre e ridere fin quando non ce la feci più e mi fermai: ero davanti al mare. Credo che quello sia stato uno dei momenti più belli della mia vita, uno dei momenti in cui la vita l'ho sentita mia, l'ho sentita preziosa, importante, sacra. Sono rimasto lì fino a sera ad ascoltare le onde, a pensare a te, alla bellezza di ciò che avevamo vissuto insieme, a quello che mi avevi insegnato e che mi sforzavo di non accettare. Sì, sapevo che non avrei potuto riaverti perché avevi ormai accanto un altro uomo, ma in quel momento mi sentivo felice, felice di amarti liberamente, anche *senza averti, purché tu fossi contenta e realizzata. Non dovevo più fingere. Potevo vivere la mia vita. Fino ad allora l'avevo offesa, chiesi perdono a Dio per questo e lo ringraziai per quella seconda possibilità. Mi venne spontaneo, mi sorprese e mi ricordò le sensazioni che mi dava il deserto e che forse non avevo mai capito veramente. Risi e piansi, poi rimasi calmo a respirare al ritmo delle onde che arrivavano a pochi passi da me e come un mantra mi ripetevano la loro canzone. Ammirai il sole che tramontava e che si portava via con sé, oltre l'orizzonte, la mia vecchia vita, la mia tristezza, la mia ottusità. All'alba sarebbe sorto un sole nuovo e così sarebbe stato ogni giorno a venire, senza darne per scontato nemmeno uno.*

Tornai dai miei genitori e li informai che non stavano più per diventare nonni ma che in compenso avevano recuperato un figlio. Abbracciai mio padre, poi mia madre, dissi loro che gli volevo bene e che finalmente riuscivo a capire le loro scelte e ad essere fiero di loro, di essere loro figlio e grato per aver avuto da loro libertà e sostegno incondizionato nonostante le nostre divergenze.

Raccontai loro di te, del nostro incontro, di Alessandria e della nostra storia. Era la prima volta che raccontavo ai miei qualcosa di così personale, così intimo. Purtroppo non poteva esserci il finale che avremmo desiderato, ma stavo ritrovando me stesso e la mia famiglia. Uscimmo insieme la mattina dopo e andammo a comprare un pianoforte a coda come quello di mia nonna, però bianco! I soldi che avevo messo da parte per la nascita di un figlio non mio li investii per un'altra nascita: quella di Pablo Karim, delle sue radici e delle sue ali.

La musica è diventata così, da quel momento, la mia compagna, la mia confidente, la mia cura. Tu, la mia ispirazione. Il pianoforte, il veicolo per dare voce all'amore che ho dentro.

Telefonai al nonno e gli raccontai tutto, lui come risposta mi disse solo:

"Elhamdulillah! Il primo passo è compiuto!".

Mi buttai a capofitto nella musica, ogni giorno stavo al piano per ore, dopo il lavoro, e l'ultima melodia, ogni sera, come una preghiera, un inno, un richiamo, era la musica che scrissi per te, la "Sonata per Maya, acqua nel deserto".

A fine Ramadan, l'anno scorso, venni a Siwa per passare qualche giorno dal nonno e suonare per lui. Prima che arrivassi nonno Karim mi fece sapere che tu eri al Cairo. Si trovava a fumare una shisha al villaggio quando telefonasti ad Abdallah per dire che eri tornata a sistemare le cose lasciate da Nura e per fare un giro a Bahareya. Dicesti dello spettacolo all'Opera. Immaginai che fossi accompagnata, ma non resistetti: avevo bisogno di vederti. A Roma non ci ero riuscito, al Cairo ti avrei visto, ti avrei guardato ancora una volta, senza importunarti.

E venni, Amore mio, venni e mi lasciai trasportare dalle ali di quella meravigliosa musica e dalla tua abbagliante bellezza. Accanto a te nel palco c'era lui, l'uomo più fortunato, il tuo compagno. Ma io sono sicuro che se sei riuscita a perdonarmi, ora che sei felice con lui, un piccolo posto nel tuo cuore c'è ancora, per me, perché non crederò mai che ciò che abbiamo condiviso possa scomparire. Allora fu più forte di me: durante l'intervallo intravidi un pianoforte dietro una porta semiaperta e appoggiai sui tasti la nostra melodia con la speranza che pur nel trambusto delle voci e dei violini ti giungesse all'orecchio e al cuore.

Non posso sapere se questo è accaduto. Da quando ti ho conosciuto credo che la magia esista e che tra due persone possa fare miracoli, così mi piace pensare che quella sera mi sentisti. Poi scappai via senza nemmeno aspettare di sapere se Gioacchino ritrovava la sua musa.

Non volevo creare intralci nella tua vita di coppia o situazioni imbarazzanti. Corsi via. Ebbi ancora la tentazione di lasciarti una lettera, quando passai da casa di Mido, poi non lo feci: ti avevo lasciato libera e libera dovevi essere.

Ti starai chiedendo il perché di tutto questo lungo sproloquio. È che... che in pochi minuti tutte le mie convinzioni sono crollate e ogni mia cellula è nuovamente in subbuglio. Poco fa ero a bere un tè col nonno. Mentre io ero tra le dune con i ragazzi, lui mi aspettava da Abdu e facendo due chiacchiere con Amir, che ebbe la fortuna di vederti a Bahareya l'anno scorso, è venuto fuori che non sei sposata né fidanzata, o almeno non lo eri quando io ero convinto che lo fossi. Il nonno me lo ha raccontato con aria soddisfatta e io non ho fatto altro che chiedergli carta e penna per scriverti immediatamente. I ragazzi partono domattina e io darò a Mido questa lettera perché chieda a Nura di spedirtela quanto prima. Dicono che non vivi più a Roma, lei saprà dove inviarla. Io ho bisogno che tu sappia che ti amo, ti amo come prima e ancora di più e che mi dispiace per tutto ciò che ci ha separato. È vero, sei giovane e devi scegliere cosa fare della tua vita. Non credo che avrai abbandonato il tuo desiderio di operare nei Paesi martoriati, ma voglio che tu sappia che a questo punto io sarei pronto a seguirti ovunque. Basterà che tu mi dica che mi vuoi accanto, che mi ami ancora e che possiamo ancora camminare fianco a fianco, e io ci sarò. Io sono libero, ormai, l'amore mi ha reso libero davvero, io so ciò che voglio, adesso, ciò che desidero più di ogni altra cosa al mondo: una nuova possibilità di stare con te. Anche il tuo silenzio mi parlerà, e lo capirò, credimi.

Questo è il mio numero di cellulare, questo il mio indirizzo email. Fra pochi giorni tornerò nell'isola. D'ora in avanti, in attesa. Un bacio per ogni granello di questa sabbia che mi circonda,
    tuo Pablo Karim"

Il sole di marzo è tiepido e l'aria profuma di fiori su questa terrazza della casa di Nura. Ha messo un dondolo e l'ha coperto di morbidi cuscini ricamati con mille arabeschi dai colori vivaci. Un buon posto in cui sprofondare, anche se in questo momento preferirei una buca nel cuore buio della terra da ricoprire a palate, subito, con me dentro: me, le mie attese, le mie inutili lacrime, i miei undici anni di strada sbagliata e di cuore straziato. Un'altra buca, molto profonda, la vorrei per Mido, colui che con la sua superficialità e pochezza ha fatto sì che almeno nove di questi undici anni andassero persi. Una buca per quella pazza di Eleni. Resto qui, tra questi cuscini, come svuotata, inerme, i fogli ancora in mano, la mano che penzola da un lato del dondolo, immobile. Immobile il respiro. Si affaccia la mia dolcissima amica: "E allora? Che dice la lettera? Ma quanto è lunga!". Non rispondo, faccio solo l'enorme sforzo, essendo esanime, di allungare la mano e i fogli fino a lei, perché legga e capisca. Ci mette un po', e accompagna la lettura con lievi esclamazioni e monosillabi che bastano a farmi ripercorrere quel susseguirsi di emozioni. Quando arriva alle ultime righe trattiene il fiato, la mia amica, e lo rilascia con un lungo sospiro solo dopo aver finito e ripiegato la lettera. Cosa può dirmi? "Se solo avessi saputo…".

"Non è certo colpa tua, Nura. Ho perso, Nura mia. Ho perso senza neanche combattere". Lei resta in silenzio per un po', vicino a me, accarezzandomi la testa, materna.

Poi reagisce. Nura è così, è saggia, è coraggiosa, è positiva.

"Non avevi detto: *Qualunque cosa ci sia scritta in questo foglio, io sarò felice. Sono viva e affamata di vita?*".

"Chi, io? Avevo detto una tale idiozia? Forse potrei essere affamata di falafel, ma di vita no, non ha più senso".

"Ma che dici?! Forza! Evidentemente non eravate pronti. Mido è stato solo uno strumento nelle mani del vostro destino. Dovevate fare un percorso. Non è detto che questo percorso debba incrociarsi. Ora sei qui, tra qualche giorno ci sarà l'eclissi, almeno aspetta che Pablo non si presenti lì, prima di disperarti!" – "Vedi? Lo dici anche tu che mi posso disperare. Figurati se viene a Siwa per l'eclissi… dopo tutti questi anni di silenzio".

"Non ho detto che puoi disperarti, ma che prima di voltare pagina definitivamente ormai ti conviene aspettare il 26. Dopotutto non è per quello che sei venuta?" – "Sì, ma non sapevo…" – "Non cambia niente. Quel che è stato è stato. Ora basta lagne, ricomponiti che fra poco arriva Sherif a conoscere la mia amica italiana e ti voglio sorridente. Dai che sto cercando di convincerlo a fare il viaggio di nozze in Italia!".

"Ma... viaggio di nozze? Avete fissato una data e io non lo so?".

"Chissà... tu riprenditi e sorridi, ne abbiamo di cose da fare prima che tu vada a Siwa!".

Riemergo dai cuscini e, ancora poco convinta di ciò che dice la mia paziente amica, sento squillare il mio cellulare: è Shirley!

"Oh! Dolce lady Shirley! Che bello sentirla, come state?... Sì, tranquilla, tutto bene, sono a Zamalek a casa di Nura. Sono arrivata tardissimo, praticamente stamattina, ma lei non può lontanamente immaginare perché!... No no, nessun ulteriore ritardo... sì, Mido mi ha accompagnato in taxi... ma le racconterò, le racconterò. Partite subito per l'Alto Egitto? Bene, buon viaggio e buona crociera, sarà bellissima!... Io sarò a Siwa per il 26, per l'eclisse, poi magari ci risentiamo. Ma certo, le farò sapere, anche con un messaggino, va bene... grazie del pensiero e tanti saluti ad Antonio!". Mi ha fatto piacere. Eh, sì, la vita mi dà tante cose per cui gioire, devo guardare avanti con fiducia e gratitudine.

Ho conosciuto Sherif, il fidanzato di Nura. Ottima impressione, una persona gentile, vivace, simpatica, un bell'uomo, innamorato. Insieme sono radiosi, sono così felice per loro! Hanno detto che si sposeranno il prossimo autunno e che non solo sono invitata al matrimonio: Nura mi vuole come testimone! Non so se qui si dice damigella o testimone, ma mi ha emozionato tantissimo questa dichiarazione ufficiale di affetto e amicizia. Farò di tutto per essere presente e spero che vengano davvero in viaggio di nozze in Italia per rivederli. Chissà io come starò in autunno, cosa avrò deciso di fare della mia vita.

Questi tre giorni al Cairo sono stati bellissimi, nonostante la lettera, nonostante le incertezze. Le conferme forse sono di meno, ma quanto sono importanti! Non tutte le amicizie sono speciali come quella con Nura o con Francesca, in Italia, ma ho ritrovato persone molto care, ex colleghi, amici di un tempo, soprattutto egiziani, che mi hanno accolto con un tale calore da farmi dimenticare la persona che ero diventata e ricordarmi chi volevo essere. Si cresce. Talvolta accade che ci si fermi, poi se si è fortunati si può ricominciare a crescere, senza mai buttare via del tutto ciò che ci ha fermato.

Sono ripartita. Sono in viaggio verso Siwa e verso me stessa. Inevitabile l'onda dei ricordi, delle ipotesi senza risposta, ma guardo avanti.

Nel pullman si diffonde una musica bellissima araba solo strumentale che rende la visione del deserto ancora più magica. Sfoglio *Miramar*, il libro che ha custodito per anni le parole del mio amore.

Granelli di sabbia stridono tra le sue pagine, il vento, curioso, si insinua e li porta con sé.

Oggi, dopo aver sfogliato molte pagine sbiadite della mia vita, voglio tornare a intensificare i colori della mia storia, di nuovo verso Siwa per leggere e interpretare la fine di un capitolo importante e ripartire da lì.

Lo devo a me stessa ma anche a chi mi vuole bene e crede in me e nella forza di ciò che sognavo. Lo devo a mio zio Michele e ai suoi amici dell'ospedale che hanno partecipato alla colletta per comprarmi il biglietto aereo, all'amico e compagno di stanza, il professore con i baffoni appassionato di astronomia che per primo ci ha annunciato l'eclissi di sole. L'avrei saputo di certo, ma non credo che l'avrei presa concretamente in considerazione come invece hanno fatto lui e mio zio.

E così il mio destino è legato a un'oasi, al sole e alla luna, e a un gruppo di persone che pensano a me come al personaggio di una qualche telenovela di cui vogliono assolutamente il lieto fine.

RITORNO A SIWA

Ieri sera l'aria della notte, calda e nera, mi ha avvolto come un mantello pesante appena sono scesa dal microbus, materializzando sulla mia pelle la stanchezza e la polvere accumulate nel lungo viaggio dal Cairo. Esattamente come la prima volta che venni a Siwa, tanti anni fa, la prima sensazione, arrivando di notte, è stata quella di essere giunti in nessun posto, nel bel mezzo di niente, o al massimo in un villaggio fantasma! Questo finché il corposo ragliare di un asino non ha rotto il silenzio tradendo una presenza di vita, animale, ma vita. Meglio così, perché non avevo nessuna voglia di ritrovarmi subito davanti tutto ciò che in questi anni ha reso Siwa diversa da com'era.

È stato un viaggio scomodo e senza fine, in questo sembra che gli anni non siano passati. La durata di uno spostamento di questo tipo, attraverso il deserto, è sempre un po' un'incognita. Avevo lasciato il Cairo la mattina verso le 7, salutando Nura a Midan Ramses sapendo che in caso di "fiasco" al ritorno sarebbe stata lei ad accogliermi e consolarmi, con dolcezza e fermezza allo stesso tempo.

Dopo circa 200 km abbiamo fatto la prima sosta. Il cielo era nuvoloso, di quelle belle nuvole bianche che vengono dal Mediterraneo e che capita spesso di vedere quando ci si avvicina ad Alessandria. *"Alessandria finalmente! Alessandria goccia di rugiada. Esplosione di nubi bianche. Sei come un fiore in boccio bagnato da raggi irrorati dall'acqua del cielo. Cuore di ricordi impregnati di miele e di lacrime."* Inizia proprio così, la storia del *Miramar*, la pensione di cui parla il libro di Mahfuz che tenevo tra le mani. L'aria era fresca e ventilata e per qualche attimo ho temuto che una folata mi alzasse la gonna proprio mentre passavo tra un centinaio di militari in sosta... in effetti quello in cui ci siamo fermati era un posto che non saprei se definire un "autogrill" o una caserma. Ho avuto il desiderio istintivo di tirarmi la kefya sulla testa e coprirmi come erano coperte tutte le altre donne di questo autobus. Ero l'unica straniera ed ero sola: avrei desiderato confondermi tra loro. Tutto sommato ero tranquilla e mi sono mangiata uno dei miei panini. Il profumo di mortadella avrebbe potuto tradirmi senz'altro più del capo scoperto, ma forse nessuno di quei militari era in grado di riconoscerlo.

Abbiamo fatto una seconda sosta in un posto carino, simile a tanti altri, ma ordinato e pulito. A quell'ora, intorno all'una, la luce riflessa era veramente abbagliante. Ho continuato a mangiare, bere, cercando di rilassarmi. Nel giro di poche ore l'Italia, la mia vita in libreria, Il Cairo e tutte le preoccupazioni erano uscite dalla mia testa, se l'era portate via il vento.

Avrei potuto leggere, o dormire, se solo fosse stato possibile poggiare la testa da qualche parte senza sconquassarsi per gli urti e gli scossoni. E non era questione di buche sul manto stradale, a quel mezzo dovevano proprio mancare gli ammortizzatori. Girano veicoli assurdi, in Egitto.

Entrava, da ogni fessura, tanta di quella polvere che gli occhiali di un uomo seduto dall'altro lato, due file avanti a me, si offuscavano continuamente, al punto da nascondergli gli occhi. Lui, paziente, se li toglieva, li puliva con un fazzoletto, e li rimetteva, per poi ripetere l'operazione ogni volta che le sure del suo Corano diventavano illeggibili dietro il velo grigio di polvere.

Avrei voluto non pensare tanto al passato, e meno ancora alle aspettative che mi stavano riportando a Siwa, ma ricordi e fantasie si alternavano nella mia mente, fusi e

confusi, tormentandomi di ansia e visioni per tutto il tempo.
Quello che per tanti anni era stato un libro prezioso, chiuso
al sicuro nel mio cuore, si stava aprendo di nuovo, e avevo
paura che avrei trovato troppe parole cancellate dal tempo e
dalla realtà, foto in bianco e nero di persone ormai cresciute,
ormai lontane e distaccate da quello che era stato un passato
tutto a colori. Ogni sobbalzo del pullman sembrava voler
incrinare e frantumare la copertina che finora aveva protetto
quel libro, una copertina di cristallo, che mal si addiceva ad
un viaggio a bordo di un pullman senza ammortizzatori,
balzellante attraverso il deserto del Sahara!

A Marsa Matruh, verso le tre, avremmo dovuto
scendere e prendere una coincidenza, ma come spesso
accadeva già ai vecchi tempi, un altro mezzo pronto a partire
non c'era, e le voci dicevano che "la coincidenza" avrebbe
tardato un'ora. Seduta in una sorta di sala d'aspetto, mi sono
messa a leggere, tenendo le antenne alzate. Anni fa sarei
andata a chiedere in giro e a cercare un microbus o un taxi
collettivo per provare a partire prima, o magari per pagare
meno. Questa volta, invece, sapevo benissimo che dall'altra
parte della strada già tutti sapevano che ero diretta a Siwa,
quindi se potevo servire per fare numero sarebbero stati loro
a cercarmi. Avevo già notato che due uomini mi avevano
adocchiato e si erano detti qualcosa. Poi si sono avvicinati e
dopo essersi seduti davanti a me per tre secondi, con aria
indifferente mi hanno chiesto se fossi diretta a Siwa. Ancora
più indifferente, con un cenno della testa ho detto di sì.
Dopodiché se ne sono andati.

Il vento alzava la sabbia, l'aria ne era piena… ma non
spazzava via le mosche! Perché?

Il cielo era grigio, anche se il sole si apriva dei varchi, e
temevo che fosse nei paraggi qualche tempesta di sabbia,
cosa non buona con tutta la strada che ci rimaneva da fare.
Cosa non buona per i miei ricordi.

A Marsa Matruh non c'era nemmeno l'ombra di un turista. Dalla mia postazione, con un occhio sul libro e uno in perlustrazione, osservavo una famiglia di siwani: la donna era avvolta nel tradizionale telo bianco e blu, ricamato di arancione sui bordi, mentre i suoi bambini erano tutti colorati. Di lei ho intravisto il volto dietro al velo: era giovane e bellissima. Il bimbo più piccolo mi guardava incuriosito... il cielo si faceva sempre più grigio, sembrava che la primavera non fosse alle porte nonostante fossimo a Marsa Matruh.

Mi feci coraggio e uscii un attimo dal ventunesimo secolo, lasciando anche la mia valigia in custodia a un anziano signore per andare in bagno, accompagnata da una ragazza gentile che era scesa dal mio stesso pullman. Gli egiziani sono sempre stati molto ospitali, non c'è che dire.

Da quando sono stata qui l'ultima volta sono successe tante cose... il crollo delle torri gemelle, la folle guerra al terrorismo, gli attentati a Dahab, a Sharm, le stragi di cristiani, lo scempio tra Gaza e Israele, la terribile situazione in Medio Oriente... e ogni volta le ho vissute come ferite personali che minavano il mio diritto di continuare ad amare visceralmente questo Paese e il mondo arabo tutto. Ogni volta io, Nura e gli altri amici, sia cristiani che musulmani, ci siamo stretti in virtuali abbracci per ripeterci e ribadire che la pace, l'armonia, sono possibili, che il nostro affetto, il nostro rispetto, sono autentici e veri. Se riesce a noi, perché non può riuscire a tutti? Abbiamo amici israeliani, palestinesi, sudanesi, irakeni, ebrei, musulmani sunniti, shiiti, persone di ogni razza e colore. Se riesce a noi, perché non può riuscire a catena, ad albero, a macchia d'olio? Perché tanto inutile odio?

Tutti questi pensieri sono scaturiti semplicemente dal gesto gratuito, spontaneo e gentile della ragazza che mi ha accompagnato al bagno, dalla disponibilità di coloro a cui ho affidato la mia valigia. È così liberatorio potersi fidare e affidare, senza timore, senza sospetto, senza pregiudizio. E un pensiero allo strazio che affligge tanti Paesi basta a ridimensionare i propri problemi e le proprie angosce che subito appaiono insignificanti e risolvibili.

Dalla mattina alle 7 le uniche parole che avevo detto erano state nel mio scarso arabo, e avevo di fronte ancora diversi giorni da passare in un posto dove nemmeno l'arabo è la lingua ufficiale! Avrei fatto dei gran discorsi con me stessa, avrei cantato e scritto. Non mi aveva mai spaventato viaggiare da sola.

Di lì a poco mi hanno comunicato che la coincidenza era in ritardo di un'ora e mezzo o due! Ma io e i ritardi abbiamo già confidenza, lungo il mio cammino hanno sempre il loro posto. Ci hanno restituito addirittura i soldi del biglietto. La gente in attesa ha dedotto che non saremmo arrivati prima delle 22 o 23. Un tizio giocava nervosamente e rumorosamente con un mazzo di chiavi, forse cercando di prendere una decisione sul da farsi. Entro poco tempo il sole sarebbe tramontato e avrebbe fatto freddo, e in un posto di mare, la brezza non manca mai...

E così ecco spuntare il microbus per Siwa! Mi sono venuti a cercare, come avevo previsto, e mi sono avviata lentamente: eravamo già quasi al completo ed ero l'unica donna a mettersi in viaggio in un abitacolo ristretto come quello di un microbus per attraversare centinaia di km di deserto in mezzo a uomini che non parlavano altro che siwi e arabo. Lo confesso, pur con tutta la mia buona fede, ero tesa.

Siamo partiti verso le 4 e io ostentavo una truce maschera di marmo in viso. Ero così tesa che mi sono messa a pregare, che mi rilassa sempre. Dio ha voluto che ci fermassimo prima ancora di lasciare il paese per far salire una famigliola di padre, madre e una bimba molto piccola, e la cosa mi ha rincuorato, nonostante la mole della signora, velata quanto più è possibile, mi sovrastasse. Comunque ho mantenuto la mia maschera di marmo che si è perfino imbruttita di disappunto ai due posti di blocco in cui i soldati hanno fatto scendere tutti e hanno rovistato nelle valigie e tra i sedili cercando non si sa cosa. Perché non ricambiare la mia fiducia in loro? Noi donne e la bimba addormentata siamo rimaste a bordo. Odiavo l'idea che stessero ficcando il naso nella mia valigia, e quando ci hanno fermato la seconda volta mi è salita una tale rabbia agli occhi che a malapena ho trattenuto le lacrime. In segno di rifiuto, dopo aver dato sfoggio dello sguardo più atroce che riuscissi ad esprimere, mi sono avvolta totalmente nella mia kefya e ho mandato pure a quel paese l'enorme palla rossa che affondava nella sabbia all'orizzonte senza mettere però la parola "fine" a quella giornata ancora lunga e pesante.

Mi ha richiamato alla calma, attirandomi dalla coda dell'occhio, lo splendore della prima stella della sera, alla mia sinistra, lì nel cielo ancora chiaro.

Avevo freddo e apprezzavo la mole della signora che in qualche modo mi scaldava da un lato. Ho letto, ho sonnecchiato, ho mangiato, e durante una sosta ho offerto le patatine alla mia vicina che le ha accettate e le ha fatte sparire dietro al velo nero. Non faceva neanche rumore, chissà se le ha mangiate davvero. Comunque le ha gradite perché ha ricambiato subito con un wafer, e dopo quelle quattro parole in un arabo incerto da ambo le parti mi sono addirittura guadagnata un invito a casa sua! Avrei accettato volentieri. Magari l'avrei vista in faccia… Ma avrei dovuto aspettare che mi riconoscesse lei, e comunque avremmo avuto ancora poche cose da dirci dovendoci limitare al nostro repertorio in arabo. Chissà se stava sorridendo, lì dietro al suo manto. La signora è stata l'ennesima conferma della mia tesi sulla squisita ospitalità degli egiziani. Un gesto gentile ne cancella immediatamente dieci scortesi e riscalda.

Sono arrivata a destinazione ricoperta da una patina nera, perfettamente intonata al buio che circondava tutto, emozionata, emozionatissima.

Ricordo che la prima volta che arrivai in questo posto, con due mie amiche italiane, un sottile senso di delusione si impossessò di noi e non potemmo fare a meno di farci scappare un: "Ma dove siamo finite?!". Poi, la benedizione di un improvviso scroscio di pioggia nella notte giunse alle nostre orecchie come il segno che qualcosa di magico stava accadendo, o stava per accadere, e fu davvero così: insieme alla pioggia ero arrivata nell'oasi del mio destino, e il buio si dissolse di lì a poco. Io e le mie amiche ci innamorammo di questo luogo, ma solo io ho avuto la fortuna di tornarci tante volte, dopo allora.

E infatti ieri sera ero sola, ma non mi sentivo sola: è stato come un ritorno a casa. Il mio cuore in silenzio grida: "Sono tornata!", e ogni parte di me sorride. Dopo tanta tensione ora sento solo la gioia immensa di ritrovarmi in quel paradiso dove anni fa ho vissuto tanta felicità, dove ho incontrato e conosciuto parti di me stessa che non conoscevo. Ci avevo lasciato il cuore, e ora, in un certo senso, sono qui per riprendermelo.

Scesa dal microbus sono andata dritta all'Hotel Yousef, ripromettendomi di vedere e guardare tutto il resto dopo una bella dormita, con la luce del sole, e per fortuna la camera per me, richiesta al proprietario per email già da settimane, era pronta. L'edificio si è piuttosto modernizzato, rispetto a come lo avevo lasciato. Tanti anni fa in occasione di una Mosalha, la grande festa annuale della riconciliazione che si svolge ad ottobre, i pochi alberghi del villaggio erano al completo. Salama riuscì a sistemarmi al primo piano dell'Hotel Yousef, in quello che era lo sgabuzzino delle coperte, ricavato da un pezzo di corridoio chiuso con una parete di compensato in cui era intagliata una porta senza nemmeno la chiave... avevo il mio sacco a pelo, il mio borsone di robusta tela e cataste di coperte, nient'altro. Però c'era un terrazzino che si affacciava esattamente sul ristorante di Abdu: quale migliore visuale? Usai una di quelle coperte per tappare lo spiffero che soffiava dallo sgangherato finestrone del terrazzino, e assaporai la libertà. Era lo stesso terrazzino che avevo sperato di ritrovare chiedendo per tempo una camera quando scrissi a Salama. Desiderio esaudito, anche se questa volta la stanza è una vera stanza, c'è un letto, un comodino, un tavolino, due sedie, uno specchio e un piccolo armadio. Il bagno, nel corridoio. Nel giro di pochissimo gli alberghi si riempiranno di persone provenienti da tutto il mondo per vedere l'eclissi. Ma nessuno di loro ha le aspettative che ho io, di questo sono certa. Nessuno può aver riposto in questa eclissi, nata prima nei racconti di un vecchio saggio che nel cielo, i sogni che ci ho riposto io.

Il ragazzo alla reception non lo conoscevo, ma è stato gentile e pare aver capito chi sono: una vecchia cliente, amica di Salama. Lui era fuori Siwa per affari. Nonostante l'emozione mi sono addormentata nel giro di trenta secondi, con una preghiera di ringraziamento ancora sulle labbra, e stamattina l'emozione è ancora qui, viva e presente, a rendermi grata, euforica e impaziente.

Rivedere Abdallah è stata un'emozione piacevolmente forte. Scendendo per la colazione da Abdu invece, ho avuto una brutta sorpresa: Abdu non c'è più. Abdu è nel regno dei più, sicuramente nel posto che il paradiso riserva a chi ha fatto del bene a tanta gente rifocillandola di cose buone. Il ristorante porta ancora il suo nome e al muro è appesa, incorniciata una sua foto. Che dispiacere... Il mio pensiero è corso subito al nonno di Pablo, anche lui già anziano allora. Avevo paura di chiedere, era da molto che non avevo sue notizie, ma davo per scontato che lo avrei visto.

Abdallah mi è comparso alle spalle, ho riconosciuto la sua voce che mi salutava appellandomi col nome siwi che lui stesso mi attribuì: "Cooka". Mi ha offerto una rosellina rosa, e io gli ho detto che ho ancora tra le pagine del mio diario quella che mi regalò una sera di tanti anni fa. Ci siamo stretti la mano cercando di ritrovarci sotto la scorza del tempo. Ma non siamo molto cambiati. Lui ha qualche capello bianco, ma la pelle è giovane come non ti aspetteresti da un uomo del deserto. Io sono bella e fresca come la mia rosellina, ha detto lui.

Tante cose da dire, da raccontare, e allo stesso tempo sembra di essersi lasciati un attimo fa. È così che accade, tra amici. Dopo una lauta colazione siamo andati a fare un lungo giro per Siwa a bordo del jeeppone e confesso che ho avvertito più volte un nodo alla gola nel vedere quanto abbiano asfaltato, quanto abbiano costruito e spoetizzato con la scusa del così detto "progresso". Ma il nodo in gola era inevitabile anche nei momenti in cui riconoscevo gli angoli e gli scorci fissi nei miei ricordi. Shali, la città vecchia, un enorme castello di sabbia che resiste a dispetto del tempo e della forza delle intemperie. Shali è Siwa. Le distese di palme cariche di datteri, la voce degli asinelli, il mercato variopinto di ceste di verdura e frutta, i carretti, le bimbe con le trecce, la bellezza, la pace, l'orizzonte dorato, tutto questo è Siwa.

Mi sento così felice che non so se potrei esserlo di più. Forse solo un po'.

Sono contenta di aver trovato questa camera: lo spazio che ho intorno assorbe tutti i miei pensieri, non manca niente. Ho anche il sole… Il terrazzino è come un palco reale di fronte a un palcoscenico, e io sono allo stesso tempo spettatore e personaggio. La gente mi saluta per la strada e non posso sentirmi sola nemmeno chiusa in camera. Adoro ogni suono e le voci tranquille degli abitanti, adoro i loro sorrisi e il cigolare dei loro carretti, adoro i loro occhi chiari e profondi e i loro bambini spensierati. La voce del moezzin che chiama alla preghiera. Adoro il vento fresco e lo spicchio di sole che attraverso la finestra riscalda il mio viso, illuminando la tastiera del mio computer mentre la sabbia si insinua e stride. Che meraviglia la pace! Ancora una volta sono convinta che "pace" sia proprio una delle più belle parole e che Siwa sia un po' il suo sinonimo. La pace dei suoi abitanti mista a quella dei viaggiatori di ogni parte del mondo che qui si incontrano e si fondono, nella semplicità, nell'essenzialità e nell'armonia. Sono orgogliosa di essere uno di quei viaggiatori. Comunque andranno le cose, nessuno mi può togliere questa pace. E dire che mi stavo privando da sola del gusto di viaggiare! Non può esserci felicità rinnegando se stessi.

Vorrei rivedere tutti, ritrovare, riconoscere, e ho paura dei cambiamenti, ma so che anche quelli fanno parte della vita. Nessuno può desiderare una vita immobile in un luogo immobile.

Temevo anche i miei stessi cambiamenti, temevo di non aver più la limpidezza dei vent'anni, l'emozione della scoperta. Sono cresciuta, la vita mi ha insegnato tante cose e avevo paura di non essere più in grado di immergermi nella bellezza come una volta. Per tutti questi anni ho ripensato a Siwa in un certo modo; avevo stampate in testa una marea di foto e di immagini e mi chiedevo se esistesse ancora nella realtà l'oasi di allora o era solo nella mia mente. Per quanto possa essere cambiata, Siwa non mi ha deluso. Il deserto non

mi deluderà mai. Come lo cambi il deserto in dieci anni?
Non lo cambi, non lo distruggi, puoi solo ritrovarlo, e
inchinarti alla sua maestosità. Lui cambia più lentamente, le
sue grandiose dune camminano pian piano e penso a quando
sarà lui a cambiare Siwa. Granello dopo granello, duna dopo
duna, anche Siwa, un giorno, come Zerzura, sarà coperta
dalle sabbie, le sue acque si inabisseranno e si disperderanno
e i viaggiatori ne cercheranno i tesori. Quanti tesori
nasconde il deserto... Non posso e non voglio pensare a
quando questo avverrà. La vita è adesso e Siwa pullula di
vita, le sue sorgenti incontaminate sono linfa per questa
natura rigogliosa e ricca. Io mi sento strepitosamente viva e
ricca, come una palma verde carica di datteri.

Cominciano ad arrivare gli astrofili, fotocamere al collo,
telescopi, cavalletti e attrezzature di ogni tipo. Io me ne
scappo. Indipendentemente dal mio appuntamento col
destino credo che un evento come l'eclissi totale di sole vada
vissuto quasi religiosamente, in contemplazione, senza l'ansia
da ripresa. Il deserto lo permette, ha spazio per tutti. Dovrò
solo scegliere la mia duna e appostarmi.

Ma come farò e sapere se c'è Pablo? E se lui mi
cercasse come potrebbe trovarmi? Nei sogni e nei film certi
incontri sono sempre puntuali e perfetti, ma nella realtà Siwa
sarà invasa dalla folla e così lo spazio circostante. Ai piedi
della collina di Dakrour, nella periferia del villaggio, stanno
spuntando tende come funghi. I nuovi resort vicino ai laghi
salati sono pieni di ospiti. Sono un po' disorientata, ma
tranquilla.

Mi sono fatta coraggio e sono andata a vedere il
giardino di Abdallah. Le piante sono cresciute, gli angoli
d'ombra sono aumentati, il gazebo è quasi nascosto dal
verde e dai fiori di ibisco. Incantevole. Pazzesca la forza dei
miei ricordi. Ho chiesto del nonno di Pablo e Abdallah mi ha

detto che è vivo e che tutto sommato, per l'età che ha, sta bene. Mi sono rallegrata e ho avuto un piccolo tuffo al cuore al pensiero che potrei vederlo. Ma lui si ricorderà di me? Oh, come desidero che si ricordi!

Ho preso tempo e ho passato il resto del pomeriggio con quel simpaticone di Alloush; sono stata a casa sua e nel suo negozio. Lui vende articoli tipicamente siwani, e ho visto sua madre, le sorelle e delle probabili zie, a casa, cucire e ricamare cose bellissime. Mi hanno offerto un karkadè freddo, molto dolce, e sono scomparse timidamente nelle stanze interne.

Ora mi sono seduta al ristorante di Abdu col tablet, per scrivere il mio diario e mandare un messaggio a Nura. Ho mangiato dell'ottimo riso alla khalta e sto aspettando il patè e le verdure. Poi sarà necessario un caffè. Vorrei trascrivere centomila sensazioni ma non lo sto facendo. Forse perché anche se sto seduta qui al tavolo i miei occhi e le mie orecchie sono continuamente catturati da tutto ciò che avviene intorno. È un microcosmo molto movimentato e io non voglio perdermene neanche un frammento. Alloush, che è qui con me, dice che conosco molta gente, vede i sorrisi di bentornato che mi regala chi passa, ma piuttosto è lui che saluta tutti quelli che vede. Ha appena salutato con enfasi un uomo particolare, a cui non saprei dare un'età, che pare sia appena tornato dal deserto dove abitualmente sta per due o tre mesi a far da pastore a un branco di cammelli, e torna solo ogni tanto per visitare la sua famiglia. Io sono sbalordita, ma giustamente Alloush sorride e dice che per un beduino è normale. Il normale è molto relativo! Agli occhi del pastore sono sicuramente più strana io, che vivo in un mondo in cui si è schiavi dell'orologio, della tecnologia, delle mode, ci si rimpinza di cibo e non si è più capaci di ascoltare il silenzio.

Voglio usare la parola "straordinario" dato che tutto ciò che sto vivendo posso definirlo solo così e non solo per il fatto di non rientrare nell'ordinario, ma per essere sorprendente e unico. Persino l'eclissi, che si ripresenterà identica nel 2060, non sarebbe così straordinaria se non fosse accompagnata da undici anni di Amore "conservato" e da un appuntamento rivelatore.

Confesso che un po' mi infastidisce vedere Siwa riempirsi di tutta questa gente ma al tempo stesso credo che se dovessi ritrovarmi con le pive nel sacco, delusa e definitivamente abbandonata, questa moltitudine variopinta di persone mi aiuterebbe a distrarmi.

Tutto a un tratto mi sono alzata dalla sedia e ho detto ad Alloush che fumava una shisha non lontano da me: "Vado a trovare il vecchio Karim, il nonno di Pablo" – "Vuoi che venga con te?" – ha risposto lui, probabilmente pensando anche di essermi utile come traduttore. Ho detto di no, sarei andata col carretto di Ali e lui e il suo asinello mi avrebbero aspettato lì davanti. Sarei stata poco, avevo solo voglia di vederlo e di ritrovare in lui un po' di Pablo e della sopita magia.

Il percorso sul carretto è stato, come al solito, molto piacevole anche se pieno di scossoni, e mi distoglieva dal pugno allo stomaco che sentivo per l'ansia dell'incontro. Tutto sembra rimasto uguale in questa parte dell'oasi. Arrivati alle grandi palme davanti al muro bianco del giardino del nonno, Ali ferma il carretto e mi dice: "Ti aspetto qui". Sorrido, respiro profondamente e mi affaccio dalla tenda dell'ingresso, salutando pur senza scorgere nessuno nella penombra dell'interno. Resto un attimo in attesa e il mio sguardo corre alla porta della stanza del pianoforte, chiusa. Deglutisco, come per riprendere a respirare, ma il cuore mi si ferma davvero quando sento una voce dire in arabo: "*Ya Shams, kont mestanyki* (Oh Sole, ti stavo aspettando), *el hamdulillah*, sei arrivata!".

Dopo l'iniziale colpo al cuore penso che il vecchio Karim, perché la voce era proprio la sua, mi abbia scambiato per qualche altra persona. Dopotutto sono piombata qui dopo undici anni, all'improvviso, non poteva riferirsi a me!

Invece... lo scricchiolare del legno sotto i suoi passi anticipa di un attimo la sua comparsa ai miei occhi e il suo viso rugoso e sorridente non cambia espressione vedendomi: "*Etfadali, ahlan ahlan ahlan, ya Maya*!" A questo punto sono a bocca aperta e i pensieri mi scorrono a fiume dalla testa accavallandosi, ma tutti in italiano, e balbetto qualcosa cercando di chiedere come mai mi stesse aspettando.

Lui capisce e, indicando il cielo ripete: "*Eclypse! Eclypse!*".

Non posso credere che si riferisca alla promessa di Pablo. Non posso credere che mi stesse aspettando davvero, ma dalla mia bocca ancora spalancata esce da sé il nome di Pablo, come a voler chiedere se tra le varie cose ci sia un nesso. Intanto il mio cuore accelera notevolmente il suo ritmo. Serafico, nonno Karim risponde più con il viso che con le parole. Capisco che di Pablo non sa nulla, ma dice che posso andare all'Oracolo di Amon a chiedere di lui. Sospiro e sorrido, figuriamoci, l'Oracolo di Amon... come gli antichi. Vedendomi delusa mi fa cenno di aspettare ed entra in casa. Torna dopo pochi secondi con la tazza azzurra in mano. Quella tazza azzurra? Altro pugno nello stomaco, poi mi dico che forse vuole solo offrirmi un caffè. "No no, *shoukran*", e indico l'orologio per far capire che sto per andarmene. Ma lui scuote la testa e mi indica un punto preciso della tazza mimando la rottura. Non ci posso credere: prendo la tazza e la guardo bene alla luce. Si intravede un lievissimo rigo che corrisponde al punto in cui si ruppe, tra le sue mani. Aveva detto che sarebbe tornata intera, nuova, e così è stato. Mi guarda intensamente. Lui si riferiva a me e Pablo, lo so, lo leggo nei suoi occhi, ma ho una folle paura di crederci e so che questa volta a restare delusi saremmo in due: io e lui, povero Karim, vittima delle scellerate scelte del figlio e del nipote.

Sorrido e abbasso lo sguardo. Non gli ho nemmeno chiesto come sta e lui non mi ha offerto né tè né niente, anzi, mi sta spingendo a uscire indicandomi la direzione dell'Oracolo. Penso che forse è solo un'ingenuità da anziano signore, ma allo stesso tempo desidero a tal punto non aver solo sognato per undici anni che converto il mio giudizio e mi dico che sicuramente sono di fronte a una persona molto saggia e anche un po' magica, un po' come sono in realtà tutti gli anziani, solo che presi dalla nostra arrogante presunzione di giovani ce ne dimentichiamo spesso. Ho ricordato il suo racconto su Sole e Luna e la sua sicurezza nel dirmi, all'epoca, che io e Pablo ci saremmo rivisti.

Insomma, lo saluto con poche parole e lunghi sguardi e rivolgendomi ad Ali dico: "Presto! Andiamo all'Oracolo di Amon!". Non posso cogliere l'espressione del mio cocchiere, ma potrei giurare che abbia scosso la testa. Ad ogni modo lui e il suo dolcissimo asinello mi portano dove ho chiesto, in pochi minuti. Mi sembra, a tratti, di essere completamente rincitrullita, una bambina che sta giocando alla caccia al tesoro. In altri momenti mi sento come dentro a un film. In entrambi i casi il sorriso ha sostituito la mia ansia e rido di me stessa, balzellante verso l'Oracolo di Amon come già fecero Alessandro Magno e tantissime illustri storiche personalità prima di me.

Quante volte ci sono già passata, con quante persone, in quanti momenti diversi della gioventù! Eppure non ho mai preso sul serio il potere dell'oracolo. Non so come spiegarmi con Ali. Gli ho chiesto come funzioni, se c'è un iter da seguire, un rituale. Lui, tranquillo e impenetrabile, mi ha risposto: "Just ask", e così faccio, sperando che non capiti nessuno nei paraggi mentre mi estranio un attimo dalla vita reale. Scendo dal carretto, Ali mi rispetta e amo pensare che non mi giudichi. Avanzo di qualche passo e mi sento fuori dal tempo. Cerco di liberare la mente ma mi si affolla di storia e di storie, di uomini potentissimi che non si vergognavano certamente di domandare con umiltà all'Oracolo cosa sarebbe stato di quell'impresa, di quella battaglia o di quell'amore. Mi sento solo un altro essere umano che ammettendo i propri limiti si piega a chiedere aiuto, come in chiesa, come in moschea, come facevano i primi uomini sotto al cielo infinitamente stellato, come facciamo ancora tutti, quando siamo pieni di desideri, paure, dolori e speranze, incognite. Devo stare davanti a quelle pietre rotte a ripetere la domanda espressa al Cielo per anni e anni? Va bene, va bene, faccio anche questo. E non ricevo risposte, no. Però alla mia mente sovviene un'immagine, perché quando ci si svuota mettendo a nudo se stessi è proprio in se stessi che si intravedono risposte e possibilità: il libro dei ricordi dell'Hotel Yousef! Troverò lì la risposta! Sono a Siwa da due giorni, alloggio in quell'hotel e non mi era ancora venuto in mente di guardare!

"Ali, ho fatto… torniamo downtown, please!". Non so quanto tempo sia passato, se pochi secondi, minuti, quanto; so che Ali è come un angelo paziente che ha vegliato su di me incondizionatamente.

Tornati al villaggio saluto e ringrazio Ali e nel mentre mi viene incontro Alloush per propormi di andare a vedere il tramonto all'isola di Fatnas, in mezzo al grande lago salato, come altre volte avevamo fatto, in altri tempi. Vorrei dirgli che l'oracolo mi ha suggerito di spulciare il libro dei ricordi, ma mi sembra scortese, oltre che complicato da spiegare, così mi lascio convincere e rimando la mia ricerca. Meglio un tramonto mozzafiato insieme agli amici che un libro dei ricordi dove potrebbe anche essere presente una risposta negativa o addirittura nessun indizio interessante. Meglio un tramonto a Fatnas e il beneficio del dubbio delle ultime ore che una delusione già alla vigilia dell'eclisse.

All'Isola di Fatnas ci accompagna l'autista di microbus con cui sono venuta da Marsa Matruh a Siwa. Ci porta lì senza farci pagare, a titolo amichevole, spettatore anche lui davanti alla bellezza che Madre Natura offre a piene mani. Ma... arriviamo noi e si mette a piovere! Non ci posso credere, eppure non è la prima volta che vedo piovere a Siwa. "Se domani il cielo dovesse essere nuvoloso credo che gli astrofili accorsi sarebbero capaci di tirarlo giù con le loro mani, per non dire con i loro improperi!", penso. Ma non funziona così nel deserto. Ci siamo riparati sotto le palme bagnandoci lo stesso. È bello. Non fa freddo. Sono arrivati anche dei turisti dai capelli rossi più dei miei che avevamo visto passare in bicicletta, tutti bagnati e straniti dalla pioggia inattesa. Il vento fa cantare le palme: è bellissimo, è come il rumore del mare lontano. Sono contenta di vivere questo momento e del fatto che sia particolare anche per i siwani e per gli egiziani. Pioggia nel deserto! È che Siwa ha mille facce, tutte così diverse, ma tutte sorridenti!

Siamo venuti per guardare il tramonto, e tutti sembrano dirci: "Ma non avete visto che il cielo è coperto di nubi? Non vedrete nessun tramonto", e anche noi ce lo diciamo, qui sotto le frasche. Poi il sole spunta e ci offre il suo spettacolo, sempre più emozionante di momento in momento. È diventato grande e arancione come l'arancia che ci ha offerto il ragazzo sudafricano venuto in bicicletta; arancione come i suoi capelli. Lui, il sole, attraversa una nuvola ed affoga lentamente dietro le colline, accompagnato dal nostro religioso silenzio.

In questi momenti ognuno è solo col suo sole, al cospetto del proprio Dio, e credo che ci siano gli angeli, qui nel nostro silenzio. In effetti sono sempre più convinta che gli angeli abitino a Siwa, dal momento che questo posto sa così di paradiso.

Le giornate si sono sensibilmente allungate, ma anche per oggi il sole è solennemente tramontato e io l'ho contemplato. Chissà se era consapevole di ciò che lo aspetta domani.

Voglio considerarla una prova generale in attesa dello spettacolo straordinario in cui la luna lo sorprenderà col suo abbraccio.

Ho cenato velocemente, stasera. Credo che cominci ad arrivarmi il cuore in gola. Avevo bisogno di correre da Salama e chiedergli del libro dei ricordi. Lui me l'ha indicato, vicino alla reception e non so come avessi potuto non notarlo prima. Cercando di non far trasparire la mia voglia di risalirlo a ritroso senza sapere nemmeno cosa cercare esattamente, sono rimasta in piedi a sfogliarlo per andare a vedere a quando risale l'inizio.

Risale a quattro anni fa. Impresa ardua e vaga. E gli anni precedenti? Dove avrà conservato, Salama, i libri precedenti? In undici anni quante volte Pablo sarà tornato a Siwa? E se ha alloggiato da suo nonno perché avrebbe dovuto scrivere sul librone dell'Hotel? Passa da qui proprio Salama mentre continuo nervosamente a sfogliare qua e là e mi chiede se sto cercando qualcosa. Gli dico: "Sì, ma non so cosa". Ride. "Ti posso aiutare?" – chiede.

"Non so. Quand'è che hai visto Pablo Karim l'ultima volta?".

In tutti questi anni mi è capitato pochissime volte di pronunciare il suo nome a voce alta, mi fa trasalire il suono stesso della mia voce mentre lo chiedo. Salama guarda in alto e si gratta il mento come a cercare in un angolo di memoria, il che fa già capire che l'ultimo incontro non dev'essere stato di recente.

"Pablo Karim... il musicista, certo... Penso che più o meno venga una volta l'anno a trovare il nonno. A volte è venuto ad ottobre, per la Mosalha, sai, per onorare la riconciliazione col nonno e con se stesso, penso io. Ma anche in altri periodi. Anni fa venne con Mido e Ossama per far dei giri nel deserto, ma sicuramente più di quattro anni fa" – "E lo so..." – penso tra me, mentre mi compare come il ricordo di un incubo l'immagine della lettera che non partì. "Forse non tutti gli anni è riuscito a venire, o forse non l'ho saputo io. Qui a Siwa sappiamo sempre chi arriva e chi se ne va, ma lui sta pochissimo. Lo si sente suonare, se il vento tira da là. È molto bello".

Ho un moto di stizza al pensiero che qualcuno avrebbe potuto pur dirmelo, di anno in anno, che quest'uomo era vivo e stava bene. Ma forse più ancora mi dà fastidio che in tutto questo tempo lui abbia continuato a vedere i miei amici di Siwa e non abbia mai chiesto di me. Quasi quasi era più facile pensare che fosse scomparso dalla mia dimensione e che nessuno al mondo fosse in contatto con lui. Sarà, forse, che dal momento che non ho mai risposto alla sua lettera sarà stato lui a cancellarmi dalla sua dimensione. Ma allora, sono proprio sicura di volere sue notizie o addirittura di rivederlo? E se rovinassi per sempre il mio ricordo perfetto e la mia visione dell'Amore con la A maiuscola? Sono sicura di voler correre anche questo rischio?

"E non ti ha mai chiesto di me? O in qualche discorso non è venuto fuori il mio nome, o che so, un riferimento all'anno in cui venne a Siwa per la prima volta?".

"Mmm… non mi pare, me lo ricorderei. Ma non mi è capitato di fare conversazione con lui". Salama sorride al pensiero della musica nell'aria, e anch'io, che immagino con un groppo in gola e ricordo quella struggente colonna sonora con la magia che riempiva il silenzio tra il fruscio delle palme e le voci degli animali. E se il vento soffiava nell'altra direzione le sue note le ingoiava il deserto.

Tutto molto bello, tutto molto interessante, ma… perché l'oracolo mi ha detto di guardare nel libro dei ricordi? E io che sto dicendo? L'oracolo non mi ha detto un bel niente! Fervida mente che non sei altro!

Guardo sospirando le pagine su cui indugia ancora, incerta, la mia mano, e allora Salama, che non è consapevole del potere che detiene sul mio sistema nervoso in questo momento, dice: "Ah, ma una volta ha scritto anche lui qualcosa qui dentro! Cercavi quello? Come lo sapevi?" – "No…! Non lo sapevo! Era così, un'ipotesi… io non l'ho più sentito in tutti questi anni, sono felice di sapere che sta bene. Ho visto suo nonno, poco fa". Io do retta all'oracolo, ma nonno Karim si affida alla tazzina azzurra: non sono l'unica a credere alle favole.

Tremo già, fingendo naturalezza, e sfoglio il grande libro. Quasi in preda al panico guardo Salama e imploro: "Aiutami, amico mio! Ricordi che io e Pablo ci eravamo innamorati? Io non l'ho mai dimenticato, io ho bisogno di sapere se lui si ricorda ancora di ciò che abbiamo vissuto. Lo confesso, Salama, ma ti prego, non dirlo a nessuno: io lo amo ancora, io sono venuta per questo… l'eclisse, la promessa, ormai manca poco, ma lui mi scrisse una lettera, voleva tornare da me, e io non l'ho mai ricevuta, o meglio, l'ho avuta solo pochi giorni fa, dopo nove anni, e non gli ho mai risposto… mi sento un'idiota, perché dovrebbe venire se non gli ho mai risposto e non gli ho mai detto che lo amo tantissimo? Domani saprò! Domani saprò… ma se lui fosse già a Siwa forse tu lo sapresti, vero? Niente musica nell'aria in questi giorni…".

Alterno sguardi imploranti a rapide letture delle dediche dei viaggiatori e il mio amico sorride silenzioso. Secondo me gli faccio pena, o forse tenerezza, o penserà che sono un po' svitata. Con garbo mi toglie il grande libro di mano e, concentrandosi, inizia a sfogliare indietro. Non di tanto, sei mesi: siamo a marzo, lui è tornato a ottobre scorso e lì Salama si sofferma con maggiore attenzione. A questo punto sono io che da dietro noto qualcosa di particolare tra le scritte nelle più disparate lingue straniere: "Ehi! Guarda! Un pentagramma! Potrebbe essere lui?" – "Sì, certo, potrebbe…".

Mi avvicino e un brivido mi percorre la schiena mentre mi perdo in quel tratto d'inchiostro, immaginando il mio Amore chino su quello stesso foglio meno di sei mesi fa. Una chiave di violino e un breve tratto di pentagramma. Una sola nota, ripetuta: il Sol.

Il Sol. E poi solo le sue iniziali: P. K.

Sono in un vicolo cieco. Che me ne faccio di una nota, con tutto il rispetto per la musica e per il piacere di constatare un segno di vita?

"Il Sol…" – continuo a ripetere quasi tra me e me in cerca di una chiave di lettura.

"*Cuando callenta el sol aquí en la playa…*" intona il ragazzo della reception sentendomi ripetere: "Il Sol", e canticchiando accenna passi di ballo: "*Es tu palpitar, tu recuerdo, mi locura…* Habla español?". Canta, balla, chiede. Ecco la chiave! El sol! Il sole! Nonno Karim mi aveva salutato chiamandomi "Sole" e dicendo che mi stava aspettando!

Qui la cosa si fa seria, qui finisce che le mie aspettative aumentano e domani rischio di beccarmi una batosta epocale, la delusione del secolo.

LETTERA ALLA VIGILIA DEL GIORNO DELL'ECLISSE

"Siwa, 25 marzo 2006

Quella sera seduti sul muretto bianco al villaggio è ormai lontanissima, eppure è un'immagine che non vacilla. È un bel ricordo. Che ci farò con tutti questi ricordi se saremo per sempre in dimensioni diverse?

Hanno davvero tutto questo valore i ricordi?

Sono meno giovane, ma sono la stessa persona che crede nella forza dei sentimenti sopra ogni distanza spazio-temporale, però in momenti come questo mi sembra solo che un gran vento faccia volare via confusamente tutto il senso che racimolo ogni volta per accettare i limiti delle cose e per costruire le mie speranze. Lo trovo sempre, il senso, perché non amo lo squilibrio, ma a volte mi arrivano alla mente flash come quello di stasera, mentre me ne sto affacciata al balconcino, e tutto vola via.

Che senso ha aver aspettato tanto in nome di un amore legato a nulla di concreto se non ai ricordi? Che senso ha aver fatto tutta questa strada quando la posta in gioco è così alta da farmi rischiare la più grossa delusione della mia vita? Ha senso che io mi ponga queste domande mentre tu potresti semplicemente aver dimenticato anche la mia esistenza? Ha senso che alla fine sia solo io ad avere dei ricordi così intensi da condizionare la mia vita affettiva? E soprattutto che ci abbia costruito sopra la mia idea di Amore, l'illusione di questi undici anni e del mio futuro? Questa è Zerzura. Questo è uno squilibrio che come un laccio al collo mi stringe piano piano, e non ha senso che tu non sappia nemmeno di essere il laccio, come che io non abbia saputo che volevi tornarmi vicino quando tutto era ancora possibile.

Il vento del deserto capace di sollevare muri di sabbia e spostare dune grandi come montagne potrebbe aver spazzato via ogni mia parola d'amore senza avertene lasciato il segno. Ombre? Io ho custodito anche le ombre. Credo nelle persone e negli incroci di destini, altrimenti non sarei qui, ora, e sono certa che il nostro incontro abbia comunque avuto un senso, ma quale?

Ti sei fidato di me tanto da ricordare, credere e desiderare che domani io sia proprio qui, ad aspettarti? Hai creduto all'unicità di ciò che abbiamo provato l'una per l'altro nonostante non ti abbia mai risposto a quella lettera?

Mi ami come io ti amo? Domani, domani saprò. Domani, comunque vada, ricomincerò a vivere; con te o senza di te.

O sarà giorno o sarà notte, ma la vita andrà avanti. Inshaallah.

Maya Cooka, a Siwa"

Oggi è quel giorno. Il giorno. Nessuno sa niente, nessuno vede l'universo intero che si agita dentro di me, guardano tutti l'universo in cielo. Meglio.

Nonostante tutto ho dormito profondamente e mi sono svegliata in preda alla gioia, sentendo il vocio che saliva dalla strada. Mi sono affacciata al balconcino e ho visto un pullulare coloratissimo di persone provenienti da ogni parte del mondo, tutte armate di binocoli, telescopi, fotocamere e attrezzi di ogni tipo.

Da Abdu non c'era una sedia libera. Ho fatto colazione in piedi, ma nel giro di poco tutto quello sciame variopinto si è spostato verso il deserto, dove il più delle apparecchiature era già piazzato, e io mi sono seduta, incapace di realizzare se il tempo si fosse fermato o se avesse preso a correre.

Salama, Alloush e l'autista di microbus sono venuti a chiamarmi, erano a bordo della jeep del cugino di Abdallah. Mi sento ormai in balia degli eventi.

Un appuntamento che nel contesto del mondo intero e degli anni sembra definito, quando siamo al dunque non lo è affatto: a che ora di quel giorno? Ma soprattutto, dove?

I miei amici hanno deciso di andare verso Bir Uahed e io approvo, è il posto più significativo, forse. È dove passammo la notte la prima volta che Pablo mi prese la mano. Ho deciso di non scervellarmi. C'è troppa gente, non posso stare con l'ansia di guardare ogni volto cercando di incrociare lo sguardo d'argento di lui. Quello che potevo fare l'ho fatto. Ora mi rilasso come legno che galleggia e che la corrente culla e muove finché non toccherò la mia riva, o l'abisso.

Esaltante come sempre il percorso su e giù per le maestose dune dorate, prima di arrivare alla sorgente turchese di Bir Uahed. Impossibile non ridere sonoramente nelle discese, non tacere pietrificati nei punti di maggior pendenza. Dietro all'ultima duna si scorgevano in lontananza tende e persone. Molte tende piccole e una, scostata da tutte, ma ben visibile, molto grande e bellissima. In risposta al mio stupore Allush ha spiegato che dev'essere di qualche ricco saudita venuto per godersi l'eclisse.

Manca poco al primo contatto, il momento in cui l'ombra nera della luna intacca il disco solare. Io vorrei allontanarmi dalla gente, anche se niente più di ciò che sta per avvenire ci farà sentire tutti sotto lo stesso infinito cielo: piccoli, piccolissimi. Io, i siwani, gli astrofili, il riccone saudita, i suoi servitori, siamo tutti microscopici granelli sotto questo grandioso cielo che sembra inglobarci. Non riesco a non pensare a quanto sia assurdo farsi la guerra, dividerci, scontrarci, deriderci, emarginarci, e soprattutto sentirci superiori ai nostri fratelli, quando basta salire sulla cresta di una duna e guardare giù per vedere che siamo tante piccole cellule in movimento nello stesso organismo, ospiti di un pianeta stupendo che ha posto per tutti, ha doni e meraviglie per tutti noi, minuscoli granelli di sabbia che si sentono montagne.

Ecco, sono le 11,20. Attraverso il vetro scuro che mi sono procurata posso vedere che, puntuale, è avvenuto il primo contatto tra il sole e l'ombra della luna. Mi piace dire tra Sole e Luna... Un ultimo messaggio ai miei genitori, a zio Michele, a Nura e a Francesca, lo stesso per tutti: "Ci siamo quasi... mi sento al centro dell'universo", e poi spengo il tablet. Spengo. Taccio. È ora di tacere. È ora di farsi penetrare l'anima dallo straordinario. È ora di ascoltare Dio e godere della sua opera, dentro e fuori di noi.

E così il lento volo di Luna verso Sole si è compiuto di minuto in minuto stregandomi al punto che non sapevo più se ciò che stavo vivendo fosse reale o frutto della mia fantasia. Mentre aspettava Luna, Sole ardeva potentemente, anche sulla mia testa avvolta da una kefya bianca. Sorseggiavo tè freddo, aveva un sapore diverso, come di terra profumata...

Giocherellavo con la sabbia finissima e impalpabile, mi sentivo parte di essa. A una mezz'ora dal momento del primo contatto il cielo aveva già cambiato colore, la luminosità era diminuita. Luna lo copriva per metà, l'aria sembrava diversa, il tempo aveva cambiato andatura.

Alle 12,30 il cielo era blu cobalto, sembrava innaturale. Sensazioni forti, certezze che sembrano vacillare lasciando spazio a tutte le possibilità, compresa quella tanto attesa di una notte che si compie di giorno, di un destino che si compie secondo un desiderio assurdo ma profondo.

Si sono accese come occhi splendenti Venere, Marte, Mercurio e le stelle più luminose. Mi sentivo già ubriaca di emozione, ma la prima lacrima è scesa alle 12,39 quando la falce di luce, ormai sottilissima, ha lasciato brillare per due interminabili secondi un solo punto sfavillante nell'ombra che avanzava: è ciò che chiamano "anello di diamante" e credo che sia il più incommensurabile e sconvolgente gioiello che a una donna amata si possa dedicare.

È stato in quel momento, che precede di pochi attimi la totalità dell'eclisse, che ho pensato di trovarmi in preda alla suggestione, perché ho cominciato a percepire il suono di un pianoforte.

Non solo è musica, non solo è pianoforte, ma ciò che mi arriva, anche se come un'eco lontana, è la mia musica, il motivo composto per me tanti anni fa da Pablo. Penso che stia uscendo dalla mia stessa mente, tanto è il desiderio, tanta è l'emozione. Ho l'impulso di alzarmi in piedi e guardare giù, dove c'è il campo, ma ormai è "il momento", è la notte, è l'abbraccio totale di Luna e Sole!

Cado a terra seduta, bocca aperta, lacrime che rigano il mio viso: una corona di luce circonda il disco nero dei due innamorati, finalmente insieme. Notte sta abbracciando Giorno e la musica di Pablo abbraccia me, come un velo impossibile di brividi e lacrime.

I filamenti della corona danzano come fiamme disegnando ricami nel cielo blu scuro. L'orizzonte è orlato dei colori caldi di un crepuscolo rimasto a terra, come luce che filtra da un palcoscenico sotto il velluto blu di un sipario chiuso.

Meno di quattro interminabili minuti in cui la musica ha continuato a volare fino a me, strapazzando il mio cuore e tutti i miei sensi come una tempesta che si abbatte invisibile in un momento senza tempo e senza certezza.

Al riaffacciarsi del sole dalla folla riunita a Bir Uahed si leva un applauso commosso che non copre tuttavia la musica. Ora che sono in grado di rivedere dove metto i piedi, anche se lo spettacolo continua, prendo le mie cose e mi precipito lungo il fianco della duna per cercare, per capire… Pablo dev'essere lì, da qualche parte, con uno stereo, un lettore cd, altrimenti da dove esce la musica che sono certa di sentire? Mi pare di rivivere per un attimo quel che accadde al teatro dell'Opera, ma non voglio che finisca come allora, questa volta devo trovarlo, devo vederlo! E mi fermo di colpo, catturata da un qualcosa che prima non c'era. Ne sono assolutamente sicura, prima che il cielo si oscurasse niente del genere compariva sulla sabbia ai piedi della mia duna.

È una scritta, fatta con le lunghe foglie di palma messe giù a formare le lettere. Dall'alto posso ben distinguere le parole:

*"E da allora sono perché tu sei
e da allora sei, sono e siamo,
e per amore sarò, sarai, saremo."*

(Pablo e) Neruda

No, è troppo per la mia testolina e per il mio cuore. È troppo, devo recuperare il senso della realtà e capire che non posso credere a tanto. Potrebbero avermi drogato, mi vien da pensare. Mi hanno drogato, col tè, forse. Niente di tutto ciò può essere vero. Ma mi rimetto a correre giù, devo andare fino in fondo.

La sabbia inghiottisce i miei piedi e rende faticosa la mia discesa. Cado, mi rialzo, proseguo a gattoni, mi rimetto in piedi, barcollo, arrivo giù come una pazza. La temperatura, che durante l'eclisse era leggermente scesa, è tornata a salire e fa decisamente caldo. Cerco di capire la provenienza della musica, che continua, struggente, mentre le espressioni delle persone presenti sono serene, quasi incantate.

A questo punto il mio sguardo cade sulla grande tenda bianca che avevamo attribuito a un ipotetico saudita. Vado dritta lì e mentre mi avvicino la musica diventa più chiara e forte. Mi tremano le gambe ma sento in me tutta la forza di quell'universo appena compenetrato. Sollevo la tenda che sta davanti all'ingresso, e mi trovo davanti a uno spettacolo che non avrei mai e poi mai immaginato: un pianoforte a coda! Pablo Karim, vestito di bianco, l'amore della mia vita è qui, in mezzo al deserto del Sahara e sta suonando un vero pianoforte a coda, che Dio solo sa come abbiano fatto a portare fino a qui!

Deve essere un sogno, un miraggio, perché non è verosimile. Deve essere un effetto di disorientamento dovuto all'eclissi, dopotutto nel corso della storia a questi fenomeni sono stati attribuiti i più disparati e catastrofici effetti, posso ben essere impazzita io!

Eppure Pablo e il suo pianoforte sono qui. Posso scorgere in lui i segni del tempo, la maturità, ma la bellezza è immutata. Non so se parlare, chiamarlo o ascoltarlo ancora suonare, mentre il cervello cerca di fare pace con i sensi e col cuore in subbuglio. Ma lui alza lo sguardo, mi ha visto! Quanto ho rievocato, negli anni quello sguardo d'argento!

Mi sento svenire. Il suo viso si è illuminato, il mio si incendia, l'accordo è rimasto incompiuto tra i tasti, benché io continui a sentire dentro quella melodia dolcissima. Si alza dallo sgabello e avanza sulle assi di legno che fanno da pedana allo strumento, poi si ferma a un passo da me: "Maya... Allora è vero che anche Giorno e Notte possono incontrarsi!".

"Sì, ma l'eclissi dura pochi minuti, io questa volta non ti lascio andare, dovesse costare un eterno crepuscolo!".

Dove ha potuto la musica, dove hanno potuto la poesia e la natura, nessuna parola può dire abbastanza. Così ci abbracciamo con impeto, con tutto l'amore costretto nel cuore per anni, con la voglia di non lasciare più la morsa del gesto che ci fa finalmente una cosa sola non più solo nel cuore e nei benedetti ricordi ma anche sulla pelle. I tasti bianchi e neri delle nostre dita tornano a cercarsi e intrecciarsi, i respiri a mischiarsi e lacrime di felicità fecondano il deserto delle nostre vecchie vite, ormai destinato a divenire oasi rigogliosa.

"Pablo, la tua lettera… io non l'ho avuta a suo tempo, perdonami se non ti ho risposto, è stata colpa di Mido! Già allora ti avrei detto che ti amavo e ti volevo accanto!".

"Davvero? Mido? Per quello non hai risposto? Ma dimmi la verità, voglio sentirtelo dire: sei venuta per me? Per la leggenda di Giorno e Notte? Mi ami, Maya? Puoi amarmi ancora?".

"Non ho mai smesso di amarti e lo farò per sempre. Sono venuta per riprendermi la mia vita, con la speranza che ne facessi parte anche tu. Ho voglia di presente e di futuro, sono stata attaccata al passato per troppi anni! È ora di guardare avanti. Insieme!".

Non si allenta la morsa dell'abbraccio, non si fermano i baci tra le parole, e all'improvviso sembra che tutti quegli anni non siano stati che minuti, sabbia tra le dita. L'amore ha i tempi suoi. Non è mai abbastanza presto per ritrovarsi. Non è mai troppo tardi. Un bacio annienta giorni d'attesa, giorni d'attesa affamano di altri baci chi aspetta. È così, è un turbine, un tornado, una forza capace di tutto. Un deserto da colmare, un miracolo da realizzare. Noi siamo qui. La logica non lo avrebbe voluto: i fatti dicevano che quel legame non ci univa più. Il cuore, che parla una lingua sua e che ora pare scoppiare, si è affidato agli astri e ai loro caroselli e noi siamo qui, dove tutto è iniziato, dove un bel giorno le stelle si erano allineate in modo da permettere un incontro tra due ragazzi appartenenti a due mondi lontani, come il giorno e la notte.

E ora? Ora ho voglia di urlare al mondo che sto nascendo, come urla un bimbo che viene alla luce. "Restiamo qui, suona ancora per me, restiamo a Bir Uahed fino a domani, tratteniamo il respiro prima di tornare nel mondo... voglio sapere tutto di questi anni, voglio sapere chi è diventato l'uomo che amo" – "Sì, Maya. Sì. Voglio recuperare ogni attimo perduto lontano da te".

Il tempo si è fermato anche se il cielo ha cambiato ancora colore e da azzurro si è fatto rosa, poi arancio, violetto, blu, nero, stellato, sublime, poi rosso, giallo e celeste, splendente, abbagliante, come l'amore che credi perso e che ritrovi, fresco, nuovo ma antico, come il cielo a ogni alba.

~

"Pronto, Nura... mi senti? Ciaooooo! Amica, sai con chi sono? Sì. Con Pablo!". Nura ride forte di gioia e si lascia scappare in arabo parole di felicità e benedizioni. "Ce l'abbiamo fatta, amica mia! Vedi? Il destino fa i giri che vuole ma poi si compie! Racconta, e l'eclisse? Era lì, lui? Vi siete visti lì?" – "Certo, devo raccontarti tutto, è stato al di sopra di ogni possibile immaginazione" – "Bene! E io che non sentendoti, ieri sera, ho temuto che fossi troppo delusa e triste per parlare... che gioia, Maya, che gioia! Quando torni al Cairo? Viene anche lui?" – "Ora ci organizziamo, poi ti faccio sapere, stai tranquilla" – "Ah! A proposito! Ti ha cercato lady Shirley, voleva tue notizie, le ho detto che eri a Siwa" – "Sapeva che sarei venuta a Siwa, forse voleva sapere se c'era stato l'incontro, pensa, che carina..." – "Sì, infatti. Ci siamo fatte una bella chiacchierata, è così simpatica!" – "Davvero una persona stupenda! Fammi questo favore, Nura: chiamala e diglielo che Pablo è venuto e che siamo finalmente insieme, so che ne sarà felice, e le cose belle vanno condivise, no?" – "Certo, la chiamo subito, e se tornerai al Cairo prima che lei riparta invitiamo lei e il marito a pranzo da me, ok?" – "Sì! Con piacere! Ti faccio sapere, Nura, grazie di tutto" – "Ciao bella, grazie a te per questa gioia".

Un sms a Francesca, uno a mamma e uno a zio Michele: "Prepara lo spumante che appena torno si brinda! Sono felice da impazzire! Felice e innamorata".

Pablo ha telefonato ai suoi genitori, euforico, e sentirlo parlare di me a Omar e Ana, che già da tanto mi sembra di conoscere, mi ha emozionato. Sembra che oltre a condividere la nostra gioia con chi sa quanto l'abbiamo desiderata, stiamo cercando conferme di realtà, perché è tutto talmente bello da essere incredibile.

Torniamo al villaggio, tutti ci salutano con larghi sorrisi. Tutti sanno. Chi ha aiutato Pablo ad allestire la tenda, a portare il pianoforte, comporre la scritta di fronde, ha partecipato all'attesa in silenzio, ma poi ha svelato e raccontato. Solo quei pochi sapevano, tra loro Ossama, ed erano stati assoldati ad Alessandria. Erano arrivati la mattina stessa con Pablo. Non ho incontrato Ossama, purtroppo. Se io non fossi stata presente avrebbero fatto sparire tutto nel giro di pochi minuti e Pablo sarebbe scomparso senza nemmeno far sapere al nonno che era stato a Siwa.

Ma il nonno lo sapeva lo stesso. Andiamo di corsa da lui, adesso, e ci sta aspettando. Ci aspetta da ieri. Pablo lo abbraccia forte e lui ci guarda commosso e dice: "Ora potrò morire in pace!".

"No, nonno, ora potrai vivere in pace, e cerca di vivere molto, che le cose belle sono solo all'inizio, vero Maya?" – "Lui lo sapeva, Pablo, lui lo sapeva dal primo giorno"… e lo sguardo va alla tazzina azzurra, poggiata insieme ad altre due sul vassoio sopra al tavolo all'ombra delle palme, poi datteri rossi e biscotti al miele. Nell'aria profumo di caffè e cardamomo: nonno Karim ci aspettava, e io non me ne stupisco più.

"Tuo figlio e sua moglie ti salutano, ci ho parlato poco fa. Mi hanno detto di dirti che verranno a trovarti molto presto" – "Io so aspettare. Ho sempre aspettato. Tutto torna. Dove l'amore è il motore, tutto torna" – risponde serafico il vecchio.

Mi gusto insieme al caffè la serenità che aleggia e che prende corpo nella musica di Pablo che esce dal piano e che ci penetra e ci trapassa come uno spirito leggero, per poi volare e diffondersi su ali d'aria verso il villaggio.

È quasi il tramonto, ormai, quando torniamo verso Shali. Le lampadine si accendono, le strade pullulano dei viaggiatori astrofili rimasti dopo l'eclissi. Mi viene incontro una sagoma familiare, ma sì, è proprio lui! Amir! Amir, carissimo principe del deserto!

Corre verso di me radioso dicendo: "Ho sentito la musica, ho capito che c'era lui e sapevo che c'eri anche tu! Che bello vedervi insieme dopo tanti anni!". Ed è sincero, lo vedo nei suoi occhi azzurri e nell'abbraccio spontaneo a Pablo: "L'avevi persa e l'hai ritrovata, la tua Zerzura, amico mio. Non lasciare mai più che le sabbie del mondo te la portino via. Certi miracoli non capitano due volte" – "Non succederà, stanne certo". Così dicendo Pablo mi stringe forte la mano. "A volte ci sembra di aver fatto grossi errori, scelte sbagliate, e invece Dio sa che non eravamo pronti e che la vita deve ancora insegnarci qualcosa di importante. A quel punto l'occasione si ripresenta" – "Saggio amico, è così. E tu? Sei pronto per la tua Zerzura?". Amir sorride e guarda lontano. Un uccellino bianco e nero gli si posa sulla spalla, sembra arrivato dal nulla: uno di quelli che chiamano Zerzur. Poi spicca il volo e scompare. I miei occhi incontrano quelli di Amir e sento che lui sa dov'è. Lo avevo sempre pensato, che avesse trovato Zerzura, ma non gli avevo mai visto questo sguardo. Resto senza parole e la vedo in quegli occhi trasparenti e profondi: vedo la città bianca che rifulge d'oro e pietre preziose, cupole lucenti, archi, fontane. Sono affascinata e incredula. Non so quanto sia durata questa magica visione ma è stata meravigliosa. Stringo ancora la mano di Pablo e senza neanche una parola noi tre ci siamo rivelati qualcosa di sensazionale e che dalle nostre bocche non uscirà mai; indelebile resterà nel cuore.

"Pronto, Nura! Io e Pablo partiamo domani mattina, se tutto va bene saremo al Cairo in serata. Può dormire da te anche lui? Poi ci organizziamo…" – "Ma certo! Troverete tutto pronto e potrete restare tutto il tempo che vorrete".

Sempre gentile e disponibile la mia Nura. Lasciamo l'oasi dove vivono gli angeli, ma anche sparsi per il mondo ce ne sono tanti e penso che Nura possa definirsi tale.

Il sole è già tramontato quando stanchissimi arriviamo a Zamalek. Il pullman partito dalla piazza di Siwa ci ha lasciato a Marsa Matruh dopo un viaggio senza intoppi. Avevo sempre considerato questa città un punto di cambio bus lungo il mio percorso dal Cairo a Siwa e viceversa, senza soffermarmi a pensare a quanto fossero meravigliose le sue spiagge bianche affacciate sul Mediterraneo. Ebbene, con Pablo è bastato un attimo, l'attimo in cui dal finestrino si è intravisto un frammento d'azzurro stretto tra le case, in fondo a una via. Una volta al capolinea, prima ancora di cercare il pullman per Alessandria, siamo saliti sul primo taxi e ci siamo fatti portare al mare. Abbiamo lasciato gli zaini e le scarpe sotto una barca capovolta e ci siamo messi a correre come bambini sulla sabbia. Che sensazione di nuova libertà, di vita, di felicità! Il sole era caldo ma l'acqua gelida di fine marzo ha fermato la nostra corsa appena raggiunti i piedi. Ho avanzato di un passo. Pablo mi ha preso la mano per frenarmi. "È troppo fredda. I tuoi polmoni…" – "Ma sono guarita da anni!" La sua premura mi ha sorpreso e intenerito. Abbiamo camminato a lungo per mano sul bagnasciuga lasciandoci raggiungere da quella cristallina carezza, respirando il profumo del mare, sentendoci a casa. Ci siamo stesi sulla sabbia ad ascoltare quel canto, a godere di quegli attimi perfetti. È poco romantico, ma è stata la fame a riportarci alla realtà. Ripresi gli zaini siamo tornati alla stazione dei bus, comprando ful e taameia strada facendo. Fortuna ha voluto che un pullman per Alessandria fosse in partenza e lo abbiamo preso al volo, contenti, ridendo con la bocca piena e le mani unte!

Da Alessandria, senza fermarsi a pensare e rievocare, di corsa sul primo minibus e via verso Il Cairo. Finalmente sento scivolarmi di dosso quell'involucro fatto di ricordi che come una corazza mi ha isolato dal mondo per tanti anni. Si frantuma e scivola via lasciando respirare una pelle nuova, capace di brividi e di fiamme, accesa.

EPILOGO

Una cosa bella di questa metropoli è che in qualunque posto e a qualunque ora c'è un taxi pronto a servirti per pochi spiccioli. Il tempo che si perde non è quello per aspettare un mezzo bensì quello per attraversare la strada! Il traffico al Cairo sembra non avere regole, o almeno, io non le ho mai intraviste: le auto procedono strombazzando in ogni corsia e in ogni senso di marcia incastrandosi tra loro, infilandosi, strusciandosi, rilasciando ogni sorta di tossici effluvi e di suoni terribili. Attraversare una strada richiede coraggio, intraprendenza, prontezza, rapidità, sfacciataggine. Non sono proprio padrona di tutte queste doti per cui, nonostante gli anni trascorsi al Cairo, impiego ancora un bel po' per raggiungere l'altra sponda di una strada, soprattutto in centro. Attraversare la grande piazza Ramses, dove arrivano e partono i minibus, è davvero un'impresa lunga e difficile. Attraversare il deserto da Siwa alla costa è impegnativo, ma anche muoversi al Cairo, specie nelle ore di punta, può definirsi tale! Anche questa volta ce l'abbiamo fatta! Suono al campanello di Nura, la sua voce al citofono chiede chi è. "Siamo noi, amica!" – annuncio impaziente. Il portone è già aperto, il bawab ci accoglie con gentilezza dandoci il benvenuto. Saliamo al quinto piano, la porta è socchiusa. "Permesso...?".

Non ci credo, che sorpresa! Mi trovo davanti il viso gioioso e solare della mia cara lady Shirley che avanza a braccia aperte. Mentre l'abbraccio con sincero affetto vedo dietro di lei il fedele Antonio e Nura. Poi Sherif, e Pablo sta già stringendo la mano agli uomini presentandosi, ma...
Dalla cucina esce, titubante, Mido! Mi sciolgo dall'abbraccio di Shirley, piena di emozioni e resto un attimo senza parole trovandomi davanti la persona a cui ho rivolto i

miei peggiori pensieri degli ultimi tempi. Cerco di capire, guardo Nura, lei alza le spalle con sguardo che chiede clemenza. Ma Pablo è già da lui, gli stringe la mano con entrambe le sue.

È Shirley a rompere il silenzio. "Maya, spero che la nostra invasione non ti dispiaccia. Nura mi ha raccontato della lettera e ho immaginato i tuoi sentimenti verso Mido, la tua rabbia, il tuo risentimento. Eppure era esattamente così che doveva andare. Tu e Pablo Karim siete finalmente insieme e Mido doveva saperlo. Nura lo ha cercato, stava ripartendo per la Francia con un gran peso sullo stomaco" – "Gli ho detto che vi eravate ritrovati" – continua Nura. "Lui non la smetteva di ringraziare Dio e di esprimere il suo sollievo, al punto che ho capito quanto fosse stato male rendendosi conto di ciò che aveva causato. Così l'ho invitato. Ha rimandato la sua partenza per incontrarvi. A volte le cose si aggiustano, come la tazzina azzurra di nonno Karim" – "Come le ferite, come i rapporti" – aggiunge Pablo mentre abbraccia Mido che non riesce a trattenere le lacrime. Pablo gli prende la faccia tra le mani e dice: "Però ti trovo invecchiato, amico mio!" – "Sono invecchiato in questa settimana quanto non ho fatto in dieci anni!" – e la tensione si scioglie, ridiamo, ci rilassiamo. "Mido, come intendi pagare il tuo debito? Sempre considerando che ti ho già risparmiato un pugno sui denti". Mi risponde: "Vi aspetto a Parigi! Tu e Pablo sarete miei ospiti a Parigi per tutto il tempo che vorrete!" – "Interessante! Si può fare!" – "Nura e Sherif, Antonio e Shirley, vale anche per voi! Vi devo molto, il vostro gesto mi ha scaldato il cuore da troppo tempo indurito e da sempre scettico verso il valore dei rapporti umani. Voi non sapete cosa significa tutto questo per me, davvero, grazie amici, io sarò migliore, grazie a voi. Ho sentito il peso del rimorso, ho sentito la gioia del perdono, dell'accoglienza, ho sentito sussultare l'anima dopo aver pensato di non averne una, sempre intento a vivere senza vedere realmente l'altro, senza ascoltare, senza soffrire e senza gioire. Solo ora penso a mio figlio e so che non voglio che cresca così. Forse voi non eravate pronti a stare insieme, ma di sicuro ero io ad aver bisogno di questa lezione, ragazzi" – le lacrime tornano a riempirgli gli occhi.

Sono felice.

Shirley vuole organizzare in Toscana un grande concerto di beneficenza e vorrebbe che fosse Pablo ad esibirsi. In Alto Egitto ha conosciuto delle suore che si occupano di bimbi orfani e si è ripromessa di aiutarle. Ecco, questi sono i miei amici.

Corro a farmi una doccia, che abbiamo fame!

Ho indossato il mio vestito più bello, quello di seta blu ricamato con minuscole perline. Le luci del Cairo sono tutte accese, ormai; sono accese anche le candele profumate di Nura sul terrazzo col dondolo e i gelsomini. La tavola è imbandita. Da quassù si vede il Nilo che abbraccia l'isola di Zamalek, le luci tremano su quelle acque scure: qui le stelle non si vedono, ma so che ci sono. Si ama anche senza vedere, si crede anche senza sapere, si va in paradiso anche senza morire.

"Maya carissima,
ti sto scrivendo dal computer del "Veliero" mentre tua zia Miriam aiuta la signora Pozzolino a scegliere un romanzo da regalare al nipote.
È una bellissima giornata di primavera, qui a San Gaetano; il sole mi scalda la schiena ed è davvero piacevole dopo il lungo e faticoso inverno che è appena trascorso. Ma non posso lamentarmi, sia perché il peggio è passato, sia perché benedico la mia caduta che ha creato le condizioni perché tu andassi al tuo appuntamento. Se non ci fosse stato tutto ciò che c'è stato, comprese le indiscrezioni con gli amici

dell'ospedale, tu avresti forse continuato a languire rinunciando a una parte di te stessa, quella assetata di mondo, di vita e di amore. Bisogna sempre far fruttare i semi che la vita ci sparge davanti, anche quelli che sembrano disgrazie e croci, anche se sembrano pietre aguzze che ostacolano il cammino. Noi stessi siamo semi nelle vite degli altri e racchiudiamo potenziali immensi. Diamo il meglio di noi, abbiamo fede, onoriamo il dono della vita che ci è stato elargito!

Sono felice. Fra poco metto in testa la mia paglietta e mi avvio a casa col bastone da passeggio che a dispetto del passo incerto mi conferisce un'aria elegante e aristocratica. Come sempre passerò lungo la spiaggia a fare due chiacchiere col nostro mare, saluterò i vecchi compari seduti davanti al bar e dopo pranzo mi siederò sotto al vecchio ulivo. Sì, proprio quello da cui caddi. Posso ben considerarlo un portale che mi ha svelato una pagina importante sul senso della vita.

Domani arriva da Cipro Lorena col suo tatuatore e credo proprio che dovrò cominciare a chiamarlo "genero", visto che si è decisa a presentarcelo come il suo fidanzato. Ebbene sì, pare che vogliano sposarsi e magari sarà l'occasione per incontrare anche il tuo Pablo, che mi sembra ormai di conoscere da un pezzo!

Il Giorno e la Notte hanno sfidato il cosmo per ritornare insieme.

E cos'è la vita se non la coesistenza di giorno e notte? Luce e ombre, gioia e tristezza, oasi verdi e deserto…

L'Amore è la chiave. L'Amore è la strada e la forza per vincere ogni sfida, con umiltà e coraggio.

Maya cara, sei salpata sul veliero della tua vita, che il vento ti sia favorevole e il mare sia mansueto, qui in libreria, nel nostro "Veliero", ci sarà sempre un posto per te, ma il romanzo più bello tra questi scaffali ce l'hai regalato tu.

Con affetto, zio Michele"

NOTE AL TESTO

AHLAN "benvenuta".

AOD liuto.

BAWAB portiere del palazzo.

CORNISH lungo Nilo.

DERVISCI saggi asceti che vivono in mistica povertà, discepoli di alcune confraternite islamiche. Raggiungono l'estasi mistica roteando a lungo su se stessi.

EL HAMDULILLAH "grazie a Dio".

ETFADDALI "prego, accomodati".

ESHTA panna (è anche un complimento da rivolgere a una ragazza).

FAYOUM oasi situata in una depressione a ovest del Nilo, a sud del Cairo.

FORNI DEL FUSTAT zona molto antica del Cairo in cui si trovano numerose fornaci per produrre oggetti in terracotta.

FUL zuppa di fave, piatto antichissimo. Le fave secche si cucinano a fuoco lento in panciuti recipienti di rame.

GALABEYA lunga tunica tradizionale indossata dagli uomini in Egitto.

GIBNA BEDA formaggio bianco.

INSHALLAH se Dio vuole.

JIIN / JINN (genio) spiriti invisibili dotati di abilità e poteri speciali, a volte maligni, a volte benevoli.

KARKADÈ bevanda ricavata dal fiore dell'ibisco in infusione, gradevolmente aspra, color rosso intenso, da bere calda o fredda.

KEBAB / SHAWARMA / SHOWERMA piatto di origine turca, carne varia (maiale escluso) arrostita cotta in grandi spiedi, condita e marinata con spezie, mangiata solitamente per strada dentro a panini o piade con verdure e salse.

KOSHARI uno dei piatti egiziani più popolari ed economici, a base di riso, pasta corta, ceci, spezie, cipolle fritte.

MOEZZIN / MUEZZIN colui che cinque volte al giorno richiama alla preghiera islamica dal minareto.

MOLOKHEYA erba ricca di vitamine simile agli spinaci ma con un sapore particolare e una consistenza viscida. In Egitto si mangia come zuppa o minestra.

OM-ALI budino di pane, latte e frutta secca, dolcissimo.

QAITBAY piccola cittadella costruita nel 1480 circa nel porto di Alessandria, sulle rovine del famoso faro (una delle sette meraviglie).

RISO ALLA KHALTA riso con carne di manzo, fegato, uvetta, mandorle e nocciole tostate, spezie.

SAHLAB crema dolce ottenuta dalla polvere del tubero di un'orchidea, servita calda da bere come dessert con pistacchi tritati, cannella, scaglie di cocco.

SHALI la città vecchia di Siwa, l'antica cittadella fortificata costruita con la terra del luogo risalente al tredicesimo secolo.

SHISHA pipa con filtro d'acqua, narghilè.

SHOUKRAN grazie.

TAAMEIA / FALAFEL polpettine fritte di fave.

YA 'ALBI "cuore mio".

ZAGGALA braccianti e raccoglitori di datteri, noti anche per le canzoni con cui allietano le feste.